Ecke · Der Herr in den grauen Beinkleidern

WOLFGANG ECKE

Der Herr in den grauen Beinkleidern

LOEWES VERLAG BAYREUTH

ISBN 3 7855 1523 5 — 5. Auflage 1980
© 1964 by Loewes Verlag, Bayreuth
Schutzumschlag: Erich Hölle
Satz und Druck: Brönner & Daentler KG, Eichstätt
Printed in Germany

Dicki

„Dicki!!"

Kurz, scharf und schrill tönt Miß Carters Stimme. Mit wenigen Schritten hat sie das Klassenzimmer durchquert.

Vor der letzten Bank bleibt sie ruckartig stehen. Die Brillengläser blitzen.

Ihr rechter Zeigefinger schießt nach vorn.

„Dicki Miller wagt es, während des Geschichtsunterrichtes zu schlafen!"

Sie hat jedes Wort betont. Hart und schrecklich deutlich. Dabei zittern die Rüschen ihrer Bluse.

Dicki hat sich erhoben.

Dicki, zwölf Jahre alt, mit 29 Sommersprossen über der Stupsnase, steht steif und starr. Seine Augen sind aufgerissen und der Schreck spricht darin eine deutliche Sprache. Dicki fühlt Miß Carters Zeigefinger, der sich in seine Brust bohrt.

„Dicki Miller wagt es wahrhaftig, während der Geschichtsstunde zu schlafen."

Miß Carter hat es noch einmal wiederholt, wobei sie bei jedem Wort ihren Zeigefinger mit Nachdruck nach rechts und links dreht.

Dicki fährt sich mit der Zunge über die Lippen, bevor er leise antwortet:

„Verzeihung, Miß Carter, ich habe nicht geschlafen."

„Ach . . ."

„Bestimmt nicht."

Miß Carters Stimme ist plötzlich sehr freundlich.

„Seit wann hörst du mir denn mit geschlossenen Augen zu?"

Dicki schluckt.

„Das mache ich manchmal, Miß Carter."

„Merkwürdig, daß mir das nicht schon früher aufgefallen ist? — Dann wirst du mir sicher sagen können, was ich vor wenigen Minuten über Admiral Nelson sagte — oder?"

Dicki schluckt noch zweimal, bevor er ansetzt:

„Sie sagten, daß Admiral Nelson ... daß Admiral Nelson ..."

Dicki weiß, daß er sich rettungslos verfahren hat. Da sieht er auch schon Miß Carters Gesicht auf sich zukommen.

„Nichts habe ich über Admiral Nelson gesagt, Dicki. Kein Wort. Ich sprach nämlich über Napoleon Bonaparte. Dicki Miller, hast du mir etwas zu sagen?"

Dicki hat nur einen Wunsch. Weit weg zu sein. Hundert Kilometer, tausend Kilometer. Am liebsten in Amerika. Doch während seine Hände verzweifelt an der Hosennaht auf und ab rutschen und seine Augen starr Miß Carters rechten Ohrring fixieren, weiß er, daß jetzt nur noch eins helfen kann: Die Wahrheit.

„Verzeihung, Miß Carter, ich habe gelogen. Ich war eingeschlafen."

Miß Carters Stimme ist jetzt noch freundlicher. Ja, sie lächelt sogar ein wenig.

„Ist gut, Dicki. Kann ja mal vorkommen. Aber ...", sie hebt den Zeigefinger, „es darf nicht. Du hast gestern gelesen?"

„Ja, Miß Carter."

„Wie lange?"

Dickis Stimme ist fast ein Flüstern.

„Bis heute nacht um drei!"

Miß Carter sieht Dicki für einen Augenblick ungläubig an. Dann wiederholt sie fragend:

„Bis heute nacht um drei?"

Dicki nickt. Im Zimmer setzt ein Tuscheln ein. Vorn kichert einer.

„Ruhe!" Miß Carter läßt ihre Blicke über die Bänke gleiten. Dann wendet sie sich wieder Dicki zu.

„Ein Buch?"

Wieder nickt Dicki.

„Wie heißt es?"

„Der Fall Parbourgh. Es ist ein Detektivroman. Ich habe das Buch zum Geburtstag bekommen."

„Von deinen Eltern?"

Dickis Augen beginnen mit einem Male zu strahlen. Auch die Brust streckt er jetzt mächtig vor.

„Von einem Freund, Miß Carter."

„Soso, von einem Freund."

Miß Carter wirft einen Blick in die Runde.

„Ist noch jemand hier, der bis nachts um drei Detektivromane liest?"

Schweigen.

„Hör zu, Dicki. Ich will es noch einmal vergeben. Noch einmal, sagte ich. Sollte sich so etwas wiederholen, muß ich deinen Eltern Bescheid sagen. Hast du mich verstanden?"

Dicki ist erleichtert. Am liebsten würde er Miß Carter umarmen. Und im Brustton reiner Überzeugung sagt er:

„Es wird bestimmt nicht wieder vorkommen, Miß Carter." Und dann setzt er mit Stolz in der Stimme hinzu: „Ich habe das Buch auch schon ausgelesen."

In diesem Augenblick schrillt die Glocke. — Große Pause.

Dicki Miller und Ronnie Hastings haben den gleichen Weg. Gemächlich trotten sie nebeneinander her.

Und zum dritten Mal bohrt Ronnie:

„Gib doch zu, daß du das Buch von deinem Superdetektiv gekriegt hast."

Dicki blickt seinen Nebensitzer zornig an. Gekränkt blitzen seine Augen, als er sagt:

„Du bist ja bloß neidisch, weil du nicht so einen Freund hast!"

„Pah!"

„Und wenn du's genau wissen willst — er hat es mir geschenkt! 10 Shilling hat es gekostet. Ich hab's in einer Buchhandlung gesehen."

Ronnie zuckt verächtlich mit den Schultern. „Na, wenn schon."

„Ich sage dir, Ronnie, Perry ist der größte Detektiv von London . . . von ganz England!"

„Angeber! Wenn dein Freund so tüchtig ist, warum geht er dann nicht zur Polizei, he?"

Dicki hat sich diese Frage auch schon oft gestellt. Natürlich darf er das Ronnie gegenüber nicht zugeben. Wo er doch genau weiß, daß der nur aus blankem Neid solche Fragen stellt. Lässig bemerkt er deshalb:

„Vielleicht will er nicht. Kriminalistik ist eben sein Hobby!"

„Quatsch! Hobby ist, wenn man Briefmarken sammelt oder Schmetterlinge." Ronnie fühlt sich maßlos überlegen. „Mein Vater sammelt Bierdeckel, das ist was!"

Dicki spürt, wie in ihm langsam die kalte Wut hochkriecht. Am liebsten würde er Ronnie eine Tracht Prügel verabreichen.

„Du bist ein dummer Zipfel, Ronnie. Bierdeckel sammeln kann jeder Holzfäller. Aber um einen Fall aufklären zu können, braucht man Köpfchen." Dicki hat sich in Fahrt geredet. Längst hat er den Vorfall in der Geschichtsstunde vergessen. Und während Ronnie noch überlegt, welche Beleidigung schwerer wiegt — der dumme Zipfel oder die Tatsache, daß sein Vater ebenso Holzfäller sein könnte — fährt Dicki schon fort:

„Eines Tages wird Perry einen Fall aufklären und ganz London wird über ihn sprechen. Die Zeitungen werden lange Artikel bringen, und er wird berühmt sein. Und ich bin sein Freund. — Und was hast du? Einen Vater, der Bierdeckel sammelt."

So, das hat gesessen. Dicki genießt den Triumph, Ronnie den Mund gestopft zu haben. Und mit dem sicheren Gefühl des Sieges läßt er Ronnie stehen und setzt seinen Weg allein fort.

Er ahnt nicht, wie bald schon seine Prophezeiung eintreffen soll.

Das Telegramm

Das Haus Starplace Nr. 14 befindet sich im Stadtteil Norwood. Es ist ein alter grauer Steinklotz mit vier Etagen. Eine Menge dunkler Stellen zeigt, wo der Außenputz schon abgebröckelt ist. Es ist alles andere, als ein schönes Haus. Und doch hat es auch seine Vorteile.

Sieht man vom obersten Stock in südliche Richtung, fällt der Blick bis auf die breite Asphaltstraße, die nach Croydon zum Flugplatz führt. Der vierte Stock umfaßt drei Wohnungen.

Die kleinste davon bewohnt der Junggeselle Perry Clifton.

Perry mißt vom Fuß bis zum Scheitel stattliche 182 Zentimeter. Er ist schlank, immer gut rasiert und wirft den Schlagball 112 Meter weit. Eine Tatsache, die bei Dicki Miller auf allergrößte Bewunderung stößt. Dabei ist Perry genau zweieinhalbmal so alt wie Dicki.

Perry arbeitet in der Werbeabteilung eines Mammutkaufhauses im Herzen von London.

Das Dumme ist nur, daß er sich aus Werbung rein gar nichts macht. Viel lieber wäre er in der Detektivabteilung des Unternehmens beschäftigt. Doch alle Bitten, Gesuche und Vorsprachen um Versetzung sind bis zum heutigen Tag umsonst gewesen. Dabei ist Perry Clifton der größte

Detektiv von England — so behauptet es wenigstens Dicki Miller. Na, und Dicki muß es ja wissen, er ist schließlich sein Freund.

Die Millers haben ebenfalls eine Wohnung auf der vierten Etage. Sie wohnen, genaugenommen, mit Perry Tür an Tür. So kommt es auch, daß kaum ein Tag vergeht, ohne daß Dicki seinem Freund einen Besuch abstattet; und sei er noch so kurz.

In diesem Augenblick steht Perry vor einem kleinen aufgeklappten Koffer. ,Habe ich alles?' überlegt er und kratzt sich gedankenvoll auf der Nase. Prüfend wandern seine Augen durch den Raum . . .

Das Nachthemd.

Perry klappt das Schrankbett herunter und zieht ein blaues Nachthemd hervor. Dabei muß er unwillkürlich grinsen. Wie oft haben ihn seine Freunde und Bekannten schon damit aufgezogen.

,Ein Gentleman trägt einen Pyjama und kein Nachthemd' behaupten sie. Doch Perry hat eigene Ansichten. Im Geist sieht er noch seinen Vater vor sich, der stets nur knöchellange Hemden trug. Wenn er die Stufen zum Schlafgemach hochging, mußte er sein meist bunt geblümtes Nachthemd wie eine Schleppe hochnehmen. Perrys Gedankengänge werden abrupt gestoppt.

Es hat geklopft.

„Herein!"

Es ist Dicki.

„Hallo, Dicki!"

Erst erstaunt, dann enttäuscht mustert Dicki die Vorbereitungen, die nur auf eine Reise schließen lassen können.

Perry wirft ihm das Nachthemd zu.

„Hier Dicki. Viermal falten. Aber ordentlich!"

„Sie wollen verreisen, Mister Clifton?"

„Mach kein Gesicht, als gingest du zur Beerdigung. Ich fahre nur nach Ipswich."

Während Dickis Hände automatisch das Nachthemd falten, fragt er ein wenig hoffnungslos:

„Für lange, Mister Clifton?"

„Vielleicht für zwei Tage . . . Du lieber Himmel, Dicki, ich habe gesagt viermal falten. Du machst ja einen Fußball aus meinem Hemd."

Er nimmt Dicki das Hemd aus der Hand und beginnt es selbst zu legen. Dicki setzt sich auf einen Stuhl.

„Wirklich nur für zwei Tage?"

Es knackt zweimal. Der Koffer ist zu.

Perry geht zu seinem Schreibtisch und angelt nach einem Zettel.

„Hier lies, mein Sohn."

Dicki hat den Zettel sofort erkannt.

Es ist ein Telegramm. Voller Neugier macht er sich an die Entzifferung des Textes.

Ich habe es leider versäumt, Ihnen rechtzeitig mitzuteilen, daß Ihr Onkel, Mister Albert Tusel, am 23. dieses Monats verstorben ist. Es wäre mir recht, wenn Sie zum Begräbnis am 26. hier erscheinen würden. Bei dieser Gelegenheit möchte ich Ihnen ein paar Kleinigkeiten aus dem Nachlaß Ihres Onkels übergeben. Sie können für die Dauer Ihres Aufenthaltes bei mir wohnen. PAUL COOL, Rechtsanwalt.

Dicki ist überwältigt.

„Sie haben eine Erbschaft gemacht . . ."

Behutsam trägt er die Depesche zum Schreibtisch zurück. Doch ganz plötzlich kommt ihm ein schrecklicher Verdacht.

‚Wenn Perry jetzt viel Geld erbt, wird er sicher von hier fortziehen. Hat er es nicht schon immer gesagt: Das

Haus ist eine Schande für jeden Menschen mit Kultur.' Genau so hat er gesagt.

Dicki überfällt Verzweiflung. Am liebsten würde er jetzt heulen. Da hörte er Perry.

„Wird halb so schlimm sein, Dicki. Die Erbschaft wird aus ein paar abgetragenen Sachen, ein paar Pfeifenstielen und einer Menge vertrockneter Topfpflanzen bestehen."

Dicki schöpft neue Hoffnung, und ein wenig zu freudig fragt er:

„Sie glauben nicht, daß er Ihnen einen Sack Geld vererbt hat?"

Perry lacht laut.

„Das hat er bestimmt nicht...", doch da stutzt er, „... sag mal, Dicki, das klang ja eben, als wärst du darüber froh?" Dicki nickt verschmitzt.

„Das bin ich auch, Mister Clifton."

„Und warum?"

„Weil Sie immer gesagt haben, daß Sie hier wegziehen würden, wenn Sie einmal viel Geld hätten."

„Du bist mir ein schöner Freund. Gönnst deinem besten Freund nicht mal eine Erbschaft."

Perry greift nach seinem Mantel, setzt seinen Hut auf, greift sich seinen Koffer und streckt Dicki die Hand hin:

„Also, Dicki, bis morgen abend. Drück mir den Daumen."

Dicki schüttelt Perry fest die Hand und sagt ein wenig vorwurfsvoll:

„Sind Sie denn gar nicht traurig, daß Ihr Onkel gestorben ist?" Für einen Augenblick huscht ein Schatten über Perrys Gesicht. Doch dann lächelt er wieder:

„Onkel Albert muß schon sehr alt gewesen sein, Dicki. Als ich ihn das letzte Mal sah, war ich so alt wie du heute. Und das ist schon fast zwanzig Jahre her. In meiner Erinnerung war er damals schon mächtig alt. Also — bis morgen..."

Eine halbe Stunde nach Mitternacht trifft der Zug fahrplanmäßig in Ipswich ein. Perry hat ein wenig geschlafen und fühlt sich trotz der vorgerückten Zeit verhältnismäßig frisch. Obgleich er seine Ankunft telegrafisch mitgeteilt hat, erwartet er zu dieser späten Stunde niemand am Bahnhof.

Nicht viele Leute haben den Zug in Ipswich verlassen, deshalb ist Perry verwundert, nur ein einzelnes Taxi auf dem Vorplatz zu entdecken. Gemächlich schlendert er darauf zu.

Der Taxichauffeur scheint sich gerade ein wenig von innen zu besehen, denn ein leichtes Pfeifen deutet auf ein Nickerchen hin. Perry tippt ihn sanft durch das offene Fenster an. Erschrocken zuckt der Schläfer zusammen.

„Sind Sie frei?"

„Bitte, Sir ..."

Eilfertig springt er heraus und reißt die Tür zum Fond auf. Dabei beteuert er eifrig ...

„Entschuldigen Sie bitte, Sir, daß ich ein bißchen ..." den Rest verschluckt er. Vielleicht denkt er, daß Perry schon weiß, wofür er sich entschuldigen will.

„Fahren Sie mich bitte zur Duncers Road 112."

„Bitte, Sir ..."

Fünf, sechs Minuten sind vergangen. Sicher lenkt der Fahrer den Wagen durch die stillen Straßen. Nur wenige Fußgänger sind unterwegs.

Ab und zu huscht das Licht entgegenkommender Fahrzeuge vorüber und erhellt für Sekunden das Wageninnere.

Perry hat sich zurückgelegt und genießt das sanfte Dahingleiten. Doch plötzlich reißt es ihn nach vorn.

Der Wagen hat scharf abgebremst. Perry Clifton blickt angestrengt durch die Scheiben, kann aber auf keiner Seite ein Haus entdecken. Während zur Rechten die ausgedehnten Felder einer Sportanlage liegen, gewahrt er zur Linken der Fahrbahn das Durcheinander einer Baustelle.

13

Der Chauffeur hat das Licht im Wageninneren einge-schaltet.

Als er sich jetzt Perry zuwendet, ist sein Gesicht ein ein-ziges Fragezeichen.

„Verzeihung, Sir, sagten Sie Duncers Road 112?"

„Ja, das sagte ich", antwortet Perry verwundert. Er weiß mit dieser Frage nichts anzufangen.

„Aber das muß ein Irrtum sein, Sir. In der Nummer 112 wohnt ja nur der verrückte Cool."

Perrys Verwunderung verstärkt sich. Was soll dieses eigenartige Gehabe des Chauffeurs?

„Genau zu dem will ich. Zu Rechtsanwalt Paul Cool. Und wieso sagen Sie, daß er verrückt ist?"

Perry sieht, wie der Fahrer mit der Verlegenheit kämpft. Mehrere Male setzt er zu einer Entgegnung an. Doch dann stößt er nur fragend heraus.

„Sind Sie ein Verwandter . . . dann bitte ich um Verzei-hung, Sir . . ."

Perry beginnt sich langsam zu ärgern. Er hat nicht allzu große Lust, sich mitten in der Nacht mit einem Taxifahrer, der anscheinend einen kleinen Tick hat, zu unterhalten.

„Fahren Sie schon weiter. Ich bin nicht mit Cool ver-wandt, ich habe geschäftlich mit ihm zu tun."

Zögernd beginnt der Wagen wieder weiterzurollen.

„Aber Mister Cool praktiziert doch schon lange nicht mehr . . ."

„Das entzieht sich meiner Kenntnis. Außerdem bin ich das erste Mal in meinem Leben in Ipswich. Warum sagen Sie, daß Mister Cool verrückt sei?"

Dem Chauffeur scheint nicht mehr ganz wohl in seiner Haut zu sein. ,Hätte ich nur nichts gesagt', geht es ihm durch den Kopf und vorsichtig schielt er nach seinem Fahrgast.

„Ach, man munkelt so manches über ihn, Sir . . ."

„Und was munkelt man?"

„Die Leute behaupten, er würde Geister beschwören und sich des nachts mit seinen toten Ahnen unterhalten ... Wissen Sie, allein das Haus ist schon furchteinflößend ... Sie werden sehen ...‘‘

Und nach einer Weile setzt er, weil Perry nicht antwortet, noch hinzu: „Vielleicht soll ich Sie doch lieber wieder zum Bahnhof zurückfahren ... oder vielleicht zu einem Hotel?‘‘

„Fahren Sie zur Duncers Road!‘‘

Perrys Stimme ist schroff, und faßt beleidigt drückt der Fahrer auf den Gashebel. Er wird seine Hände in Unschuld waschen ... Er hat seinen Fahrgast gewarnt.

Mit kreischenden Bremsen hat der Wagen gestoppt. Perry riecht den verbrannten Gummi der mißhandelten Reifen. Langsam schreitet er über den Kiesweg, der zu dem einsam dastehenden Haus — Duncers Road 112 — führt.

Es ist wahrhaftig ein unfreundlicher Bau. Trotz gleißendem Mondlicht mutet das Gemäuer schwarz und unheimlich an. Tiefe Stille ist ringsum. Kein erleuchtetes Fenster deutet darauf hin, daß die Bewohner noch munter sind. Perry spürt ein merkwürdiges Kribbeln, als er auf die große Eichentür zugeht.

Es muß eine verteufelte Arbeit gewesen sein, die Unzahl von Ornamenten in das harte Eichenholz zu schnitzen.

Perry sucht nach einer Klingel. Mehrere Streichhölzer verglimmen in seiner Hand. Vergebens. Es gibt weder eine elektrische Klingel, noch eine Zugglocke.

Nur ein gewaltiger Klopfer in Form eines Affenkopfes ist in der Mitte der Tür angebracht.

Perry betätigt den Klopfer. Zwei-dreimal läßt er den Affenkopf gegen die schwere Tür fallen. Dumpf und unheimlich ist der Klang.

Sekundenlang denkt Perry an die Andeutungen des

Chauffeurs. Doch er wischt sie mit einer Handbewegung fort. ‚Ein Spinner.'

Noch immer ist nichts zu hören. Doch da ... waren das nicht Schritte? ... jetzt wieder.

Ohne Zweifel nähert sich jemand der Tür.

Perry nimmt seinen Koffer auf.

Die Tür öffnet sich, ohne daß sich ein Schlüssel gedreht hätte.

„Mister Perry Clifton aus London?"

„Ja, der bin ich."

„Sir Cool erwartet Sie in seinem Studierzimmer. Bitte folgen Sie mir, Mister."

Perry folgt dem Mann, der eine Mischung aus Butler, Gärtner und Koch zu sein scheint.

Er könnte hundert Jahre alt sein, fährt es ihm durch den Kopf. Der Alte trägt einen langen, fast an einen Gehrock früherer Zeiten erinnernden Kittel.

In seiner von Gicht geplagten Hand balanciert er einen vierarmigen Leuchter. Bei jedem Schritt werfen die Wände gespenstische Schatten zurück, und wieder muß Perry an den Chauffeur denken.

Sie tappen einige Stufen hinauf. Die Treppe endet auf einem langen schmalen Gang, dessen Wände mit Bildern vergangener Epochen behangen sind.

Perry hält sich dicht hinter dem Butler und so kommt es, daß er diesen fast umrennt, als er vor einer Tür haltmacht.

Vorsichtig wechselt er den Leuchter von der rechten in die linke Hand. Behutsam klopft er an. Und wenig später meldet er:

„Sir, Ihr Gast aus London — Mister Perry Clifton."

Perry Clifton tritt ein.

Wenn er den Alten mit dem Leuchter auf hundert Jahre geschätzt hat, so gibt er seinem neuen Gegenüber 200. Langes schlohweißes Haar umgibt ein verrunzeltes Gesicht, das von einem Paar gütiger Augen beherrscht wird.

Alles, außer der Stimme, scheint zerbrechlich zu sein. Perry wundert sich über das sonore kräftige Organ, das jetzt zu dem Butler gewandt sagt:

„Ist gut, James, geh schlafen."

„Gute Nacht, Sir. Gute Nacht, Mister Clifton."

Mit einer Verbeugung verschwindet der Butler.

Perry ist mit Paul Cool, seines Zeichens Rechtsanwalt, allein. Von der Umgebung des Zimmers kann er so gut wie nichts wahrnehmen, denn man scheint in diesem Haus eine Vorliebe für Leuchter zu haben. In diesem Fall ist es nur eine einzige Kerze, die auf dem schmalen Kaminsims steht.

Mit fast neugierigen Blicken mustert Perry die Erscheinung des alten Mannes.

Cool weist mit einer einladenden Geste auf einen Plüschsessel.

„Setzen Sie sich, Clifton . . ." Und während sich Perry hinsetzt, fügt er hinzu: „Oder soll ich lieber ‚Mister' Clifton sagen?"

Hat Perry für einen Moment gestutzt, so zieht jetzt ein breites Lächeln über sein Gesicht.

„Ich bin nicht eitel, Sir. Sie können mich auch Perry nennen."

„Ausgezeichnet. Das ist genau der Ton, den man für den Umgang mit Verrückten braucht."

Auch Cool lächelt jetzt. Und als Perry fragend aufblickt und dazu meint:

„Ich verstehe Sie nicht, Sir", tippt sich Mister Cool an sein Ohr und kichert verschmitzt.

„Wenn mich meine alten Ohren nicht im Stich gelassen haben, so hörte ich vorhin ein Auto wenden."

„Ganz recht, Sir. Ich bin mit einer Taxe gekommen."

„Na also", freut sich Mister Cool, „ich will mir einen Finger nach Ihrer Wahl abbeißen, wenn Ihnen der Chauffeur nicht mitgeteilt hat, daß der alte Cool verrückt ist."

„Stimmt, Sir." Perry gewinnt immer mehr Spaß an der Situation. Und das nachts um ein Uhr . . .

„Er wird Ihnen sicher nicht verheimlicht haben, daß ich des Nachts mit meinen toten Ahnen spreche."

„Er sprach davon!"

„Hat er Ihnen auch verraten, daß ich nachts bei Vollmond auf einem Besen um mein Haus reite?"

Perry grinst.

„Das muß er vergessen haben, Sir."

„Schade. Dann lassen Sie sich sagen, daß es hier im Haus spukt und überhaupt, das alles, was hier geschieht, nicht mit rechten Dingen zugeht."

„Danke für die Aufklärung, Sir. Im übrigen wurde mir geraten, gleich wieder abzureisen."

„Und Sie haben diesen Rat nicht befolgt?"

„Erstens glaube ich an keine Spukgeschichten und zweitens jetzt erst recht nicht mehr. Ich finde S i e sehr lebendig und bin überzeugt, daß Sie sich als Sitzgelegenheit und Transportmittel etwas anderes als einen Besen aussuchen."

Mister Cool lächelt sehr geheimnisvoll. Doch dann steht er auf und klopft Perry auf die Schulter.

„Wissen Sie, Perry, es ist ein sonderbares Ding mit den Menschen . . . aber wir wollen nicht philosophieren. Wissen Sie was, ich zeige Ihnen jetzt Ihr Lager für heute nacht. Eigentlich wollte ich Ihnen noch über Albert Tusel berichten — aber ich bin jetzt doch müde. Und über Ihren Onkel können wir uns morgen nach der Beerdigung unterhalten. Sind Sie einverstanden?"

„Fein, Sir, ich glaube auch, daß mir eine Mütze voll Schlaf ganz guttun würde."

Mister Cools Geschichte

Die Beerdigung ist vorbei.

Perry und der Anwalt waren die einzigen Menschen, die an der kleinen Feier teilgenommen haben. Und so oft Perry versuchte, sich die Züge des Verstorbenen ins Gedächtnis zu rufen, mißlang es. Zu lange Zeit war seither vergangen.

Jetzt sitzen sie wieder in Mister Cools Studierzimmer, das Perry längst in „Bibliothek" umgetauft hat. Er schätzt die in den Regalen stehenden Bücher auf mindestens zweitausend. Alle Wände stehen voll.

Mister Cool hat sich einen Sherry eingeschenkt. Perry dagegen nippt an einem Whisky. Er ist gespannt darauf, was ihm Mister Cool über seinen Onkel Albert Tusel berichten wird.

Und da beginnt er auch schon.

Der Rechtsanwalt spricht leise, fast ein wenig verträumt... oder besser noch — melancholisch...

„Albert Tusel war ein Eigenbrötler wie ich. Er hielt wenig von den Menschen und ließ sie es auch merken, indem er sich nicht mit ihnen abgab... aber er war mein Freund, wenn er auch nur selten in Ipswich weilte..."

„Ich habe seit zwanzig Jahren nichts von ihm gehört. Sozusagen seit meiner Kindheit", wirft Perry gedankenverloren ein.

„Ja, er war ständig auf Reisen. Das hatte seine Ursache. Irgendwo in Asien hat ihm mal ein Einwohner prophezeit, daß er sich nie länger als ein paar Monate an *einem* Ort aufhalten dürfe, da ihm sonst etwas geschehen würde."

„Aber Reisen kosten doch eine Menge Geld?"

„Albert hat in früherer Zeit einmal eine Erfindung gemacht. Irgendwas mit Legierungen. Dafür erhielt er jahrelang eine ansehnliche Summe ausgezahlt. Die Firma ist später in Konkurs gegangen und die Quelle versiegte. Seitdem lebte er in Ipswich."

Perry ist mehr als überrascht. Jahrelang hatte er seinen Onkel für einen armen Teufel gehalten, der sich gerade noch über Wasser hielt. Und abergläubisch soll er auch gewesen sein?

„Sie sagen, seitdem lebte er in Ipswich. Wenn er hier gestorben ist, dann ist ja die Prophezeiung von damals eingetroffen?"

„Keine Spur. Er lebte ja immerhin annähernd acht Jahre hier."

„Ich möchte wissen", fragt Perry nachdenklich, „warum er uns in all den Jahren nie ein Lebenszeichen hat zukommen lassen."

„Für Albert war Verwandtschaft ein überflüssiges Anhängsel."

„Dann verstehe ich nicht, warum er mir, wie Sie in Ihrem Telegramm schreiben, ‚Kleinigkeiten' hinterlassen hat."

Mister Cool winkt ab.

„Wenn Sie glauben, daß er darüber schriftliche Notizen gemacht oder gar detaillierte Wünsche hinterlassen hat, dann irren Sie sich, Perry. Ich händige Ihnen die Sachen aus, weil Sie der letzte lebende Verwandte von Albert sind. Möbel gehören nicht zur Erbmasse, da er Zeit seines Lebens möbliert gewohnt hat. Was seine Kleidung anbetrifft, so hätte sie wahrscheinlich kein Jahr mehr überlebt."

„So ist Onkel Albert also als armer Mann gestorben", folgerte Perry.

„Ist er. Arm wie eine Kirchenmaus."

„Jetzt würde es mich aber doch interessieren, was Sie dann mit den ‚Kleinigkeiten aus dem Nachlaß' meinen?"

„Es sind zwei Kisten vorhanden. In der einen befinden sich wohl Reiseandenken, die er aus allen Ländern zusam-

mengeschleppt hat ... mit der zweiten Kiste — es ist eine
Art Holzkoffer — hat es eine besondere Bewandtnis ..."

„Und die wäre?"

„Daß ich Ihnen nicht sagen kann, zumindest nicht im
einzelnen, was sie enthält."

„Hat sich mein Onkel nie über ihren Inhalt geäußert?"
fragt Perry verwundert.

„Er konnte es nicht. Er hatte selbst keine Ahnung, was
sie enthielt. Ich will Ihnen erzählen, wie er dazu kam ..."

Bedächtig nippt der Rechtsanwalt an seinem Sherry.
Auch Perry nimmt die Gelegenheit wahr, einen größeren
Schluck aus seinem Whiskyglas zu nehmen ... sonderbare
Geschichten, die der alte Cool erzählt, denkt Perry, wäh-
rend dieser auch schon fortfährt:

„Ich sagte schon vorhin, daß Albert Tusel sehr abergläubisch war. Einmal wollte er einen alten Studienfreund
in Indien besuchen. Als er jedoch in Kalkutta ankam, war
sein Freund gerade dabei, die Reise nach Europa anzutre-
ten. Koffer und Kisten standen gepackt im Haus. Albert
und sein Freund machten noch zusammen einen Spazier-
gang, auf dem dieser verkündete, daß es ihm gelungen sei,
die tollste Erfindung des Jahrhunderts zu machen. Mit ihr
wolle er jetzt nach England ziehen. Bevor Alberts Freund
zu Einzelheiten kam, geschah etwas Schreckliches — er
wurde von einer Schlange gebissen. Albert schleppte ihn
ins Haus zurück und rief einen Arzt. Aber es war zu spät.
Das Letzte, was sein Studienfreund tat, war, ihm die
Kiste mit der Erfindung zu übereignen ... Ja, das
wär's ..."

Ungläubig fragt Perry Clifton: „Und er hat die Kiste
nie geöffnet?"

„Nein, nie. Er behauptete, daß der Inhalt Unglück
bringe ..." Nachdenklich setzt Mister Cool hinzu: „Im
übrigen dürfte besagte Erfindung längst überholt sein.
Seither sind immerhin über vierzig Jahre vergangen ..."

21

„Komische Geschichte ... und wo befinden sich die Kisten jetzt?"

Cool sieht Perry abwesend an. Perry stellt seine Frage noch einmal.

„Sie stehen unten in der Halle. Mein Diener wird sie für Sie als Expreßgut aufgeben ..."

Gedankenverloren schweigen sie. Jeder hängt seinen eigenen Gedanken nach ... der greise Paul Cool und der junge Perry Clifton ...

Lester Mac Dunnagans Nachlaß

Abends, 19 Uhr 45, trifft Perry Clifton wieder auf dem Zentralbahnhof in London ein. Und eine Stunde später schließt er die Tür zu seiner Wohnung in Norwood auf.

,Ich werde mir eine Tasse Tee kochen und noch ein bißchen lesen', beschließt er und setzt den Teekessel auf.

Doch immer wieder entdeckt er sich dabei, wie seine Gedanken in das alte Haus nach Ipswich zurückkehren; und wie die Bilder wild durcheinandergaukeln. Der Affenkopf an der Haustür, die Ahnengalerie im Gang, der alte Diener mit den zittrigen Händen und Mister Cool inmitten seiner vielen Bücher.

Auch sein Onkel Albert Tusel erscheint ihm jetzt in einem ganz anderen Licht ... Was mag das für eine Erfindung gewesen sein, die ihm so viel Geld einbrachte, daß er jahrelang Reisen um die ganze Welt machen konnte?

Bei diesem Gedanken stößt Perry einen tiefen Seufzer aus. Reisen ... Einmal eine große Reise machen. Vielleicht nach Amerika ... oder nach Asien ... zum Beispiel nach Japan ...

Doch dann fällt ihm der Koffer aus Kalkutta ein. Auch

eine Erfindung. Aber wie hatte Mister Cool gesagt: ‚Im übrigen dürfte besagte Erfindung längst überholt sein.'

Ein schrilles Pfeifen bringt Perry wieder in die Wirklichkeit zurück.

Der Teekessel!

Aber war da nicht noch ein anderes Geräusch?

Da — wieder . . .

Kein Zweifel, es hat jemand geklopft.

„Herein!"

Zuerst ist es nur ein ungekämmter Wuschelkopf, der sich durch den Türspalt zwängt.

„Darf ich noch hereinkommen, Mister Clifton?"

Bevor Perry etwas sagen kann, folgen dem Kopf eine blaugestreifte Jacke und ebensolche Hosen.

„Ich war nämlich schon im Bett."

„Wo du um diese Zeit auch hingehörst, Dicki!"

„Ich konnte nicht schlafen . . . Ich habe doch auf Sie gewartet — wegen der Erbschaft."

„Wenn dich deine Eltern bei mir finden, werden sie mir den Kopf waschen."

Doch Dicki wischt diesen Einwand mit einer großzügigen Geste weg.

„Die sind im Kino. Außerdem bin ich noch gar nicht müde."

Man sieht es ihm an, daß er vor Neugier fast platzt.

Perry Clifton tut so, als bemerke er es nicht. Seelenruhig schenkt er sich eine Tasse Tee ein und schiebt sich einen Keks zwischen die Zähne.

„Einen Haufen Geld . . ." hebt er an . . . und Dickis Kinnlade klappt erschrocken nach unten, während sich seine Augen weiten . . .

„Einen Haufen Geld — kann ich dir leider nicht verkünden", beendet Perry verschmitzt seinen Satz.

Dicki atmet tief auf und fährt sich erleichtert über seinen Struwwelkopf.

„Jetzt haben Sie mich aber ganz schön erschreckt."

Perry klopft ihm beruhigend auf die Schulter.

„Deine Befürchtungen waren höchst überflüssig, mein Sohn. Die ganze Erbschaft besteht aus zwei Holzkisten."

„Aus zwei Holzkisten? Leeren Holzkisten?"

Dicki runzelt nachdenklich die Stirn. Das ist ihm doch zu unwahrscheinlich, daß jemand leere Holzkisten vererbt.

„In der einen Kiste sollen Reiseandenken aufbewahrt sein und in der zweiten eine Erfindung. — Mehr weiß ich leider auch nicht."

Dicki sieht sich suchend im Zimmer um. Da er jedoch weder eine noch zwei Kisten entdecken kann, fragt er ein wenig mißmutig:

„Dann haben Sie die Sachen wohl gar nicht mitgebracht?"

„Sie werden morgen gebracht. Die eine Kiste ist fast so schwer wie ein Omnibus", erläutert Perry.

Und Dickis Gesicht leuchtet auf, als Perry hinzusetzt:

„Ich verspreche dir, daß ich dich herüberhole, sobald die Sachen da sind. Gemeinsam werden wir uns dann Onkel Alberts Souvenirs ansehen. Na, ist das ein Vorschlag?"

An Dickis Augen kann Perry sehen, daß sein Vorschlag vollste Zustimmung gefunden hat. Was er allerdings noch sagt, scheint auf wenig Begeisterung zu stoßen.

„Und jetzt machst du, daß du wieder ins Bett kommst. Denk daran, daß du morgen früh zur Schule mußt."

Dicki will gerade berichten, daß er neulich bis früh um drei in Perrys Buch gelesen habe, als ihm noch rechtzeitig die unrühmlichen Folgen anderntags in der Schule einfallen. ‚Ich sag' lieber nichts', fährt es ihm durch den Kopf. Und während er zur Tür geht, winkt er Perry jovial zu:

„Also dann bis morgen, Mister Clifton. Und denken Sie daran, daß Sie morgen früh in Ihr Kaufhaus müssen."

„Ich habe Urlaub, mein Sohn!"

Den ganzen Vormittag wartet Perry vergeblich auf die Kisten.

Endlich, es ist bereits nachmittags 3 Uhr, klingelt es. Eine Viertelstunde später stehen die erwarteten Gegenstände in seinem Zimmer. Während es sich bei dem einen Stück um eine mit Bandeisen versehene Riesenkiste handelt, stellt das zweite Stück tatsächlich mehr eine Art Holzkoffer dar, an dessen Deckel ein gewaltiges eisernes Vorhängeschloß pendelt. Von dem einst braunen Anstrich des Koffers sind nur noch Reste wahrzunehmen. Vierzig lange Jahre haben die Farbe abblättern lassen.

Perry spürt, wie ihn jetzt doch eine gewisse Spannung befällt. Es ist das gleiche unruhige Gefühl, das er als kleiner Junge hatte, wenn er auf dem Dachboden einen verschlossenen Karton oder ähnliches fand. Immer waren es geheimnisvolle Schätze, die er zu entdecken glaubte.

Während er nach Hammer, Stemmeisen und Zange sucht, erinnert er sich seines gegebenen Versprechens.

Zwei Minuten später ist Dicki da. Seit Stunden schon hat er fieberhaft auf diesen Augenblick gewartet. Jetzt tastet er ehrfurchtsvoll die rohen Bretter des ihm riesig erscheinenden Kastens ab.

„Ich bin gespannt, was wir finden werden, Mister Clifton."

„Nun, ich muß zugeben, daß ich ebenfalls ganz schön neugierig bin. Aber zunächst müssen wir die Bandeisen entfernen."

Vier donnernde Schläge lassen die drei Bandeisen auseinanderschnellen. Etwas mehr Zeit nimmt das Aufstemmen des Deckels in Anspruch. Es quietscht, ächzt und knarrt, daß man meinen könnte, zwei Dutzend Gespenster seien bei ihrer Spukarbeit.

Aufgeregt, wie vor einer Rechenarbeit, turnt Dicki um die Kiste herum.

Endlich ist es soweit.

Vorsichtig stellt Perry den Deckel zur Seite.

„Alles Papier!" ruft Dicki tief enttäuscht.

„Das ist nur die oberste Schicht", beschwichtigt Perry seinen kleinen Freund und beginnt Unmengen Papier auf den Boden zu werfen.

„Na, wenn das so weitergeht, können wir bald einen Altpapierhandel aufmachen."

Perrys Befürchtungen sind überflüssig. Als er jetzt ein großes Stück Wellpappe abhebt, ist es mit dem Füllpapier zu Ende. Gleichzeitig stößt Dicki einen entsetzten Schrei aus.

Perry ist erschrocken zusammengefahren.

In Dickis Gesicht sitzt Panik. Es ist kreidebleich.

„Zum Teufel, Dicki, was ist denn los?"

„Dort", kommt es erstickt von seinen Lippen und sein ausgestreckter Zeigefinger weist in die Kiste.

Sekundenlang verharren Perrys Blicke ebenfalls auf einem bestimmten Punkt. Dann beugt er sich plötzlich vor und hebt etwas heraus.

„Das war einmal ein Mensch, Dicki. Aber vor dem brauchst du keine Angst mehr zu haben. Der ist seit mindestens 1000 Jahren tot. — Man nennt so etwas eine Mumie."

Dicki ist noch immer blaß. Zu sehr war ihm der Schreck in die Glieder gefahren.

„Sie meinen, daß das ein Mensch war wie wir?"

„Ja. Und wenn mich nicht alles täuscht, dann handelt es sich hier um eine ägyptische Mumie."

„Schrecklich."

Perry hat die gewickelte Mumie hin und her gedreht und verkündet jetzt triumphierend: „Ich habe mich nicht getäuscht. Hier steht es: Mumie, Oberägypten, ca. 400 vor Christi."

Bald sieht es in Perrys Wohnung wie in einem Museum für Völkerkunde aus. Vasen aus Ceylon, Steinkrüge aus

Persien, handgeschnitzte heidnische Figuren aus allen Teilen Afrikas, bizarre Muscheln aus der Karibischen See und Unmengen anderer Dinge. Auch ein kleiner massiv-goldener Buddha aus Siam ist darunter. Dicki hat seinen Schreck längst überwunden. Jedes Ding, jeden Gegenstand tastet er genau ab. Seine Wangen glühen, und aus seinen Augen sprüht Erregung und Begeisterung über die vielen fremdländischen Dinge.

Doch keiner von den beiden ahnt, welch ungeheure Überraschung ihrer noch harrt.

Je mehr sich die große Kiste leert, um so öfter wandern Perrys Blicke zu dem Holzkoffer hinüber. Und im Geist hört er die Geschichte, die ihm der alte Mister Cool erzählt hat ...

Es ist inzwischen sechs Uhr abends. Die Kiste ist leer geworden, ohne daß noch eine Überraschung zutage gekommen ist. Während Perry Clifton und Dicki gemeinsam das herumliegende Papier einsammeln, erzählt Perry die Geschichte des Holzkoffers.

„Haben Sie auch einen Schlüssel zum Schloß?"

„Nein. Da hat wohl keiner mehr existiert. Aber wir haben ja inzwischen Erfahrung im Öffnen von verschlossenen Kisten."

„Ich habe mal gelesen, daß man ein Vorhängeschloß mit einem nassen Handtuch aufmachen kann."

„Vielleicht das Schloß einer Puppenstube, Dicki, aber nicht dieses Museumsstück. Da helfen nur Hammer und Stemmeisen."

Dicki hat es schon geholt.

Perry kniet sich neben den Holzkoffer, während Dicki darauf Platz nimmt. Perry nimmt genau Maß. Drei-, viermal rutscht das Stemmeisen ab. Und noch einmal. Perry wischt sich den Schweiß von der Stirn und schimpft innerlich auf das „verdammte Schloß". Er versucht es mit der Zange, indem er das obere Ende unter den Bügel des Schlosses klemmt. Und siehe da — es gelingt.

Behutsam klappt Perry den Deckel zurück. Und wieder ist es Dicki, der ausruft: „Schon wieder Papier!"

„Ja, aber diesmal ist es anderes Papier", Perry ist ziemlich außer Atem, „faß mal an . . . — na merkst du was?"

„Es faßt sich wirklich komisch an . . ."

Perry erläutert und räumt dabei die oberen Lagen fort.

„Das ist Ölpapier. Das soll gegen Nässe schützen."

Dickis Interesse hat merklich nachgelassen. Was sollen diese weißen Blätter, auf denen weiter nichts als Zahlen stehen. Zahlen und merkwürdige Zeichen. Dicki kann nicht verstehen, warum Perry jedes einzelne Blatt so genau ansieht. Ob er etwas davon versteht?

„Was sind denn das für Zeichen?" fragt er ungeduldig, als Perry nicht aufhört, diese für ihn unverständlichen Zeichen zu studieren.

„Das sind Formeln, Dicki. Chemische Formeln", murmelt Perry verdrießlich, „aber ich werde nicht klug daraus, was sie bedeuten sollen."

Dicki langt nach einem Stoß Blätter, die Perry neben den Koffer gelegt hat. Gelangweilt spielen seine Finger darin, indem er die einzelnen Seiten wie in einem Buch abblättern läßt. Und dabei macht er eine Entdeckung.

„Mister Clifton, hier ist ein Brief."

Perry sieht auf.

„Ein Brief?" Geistesabwesend starrt er auf Dickis Hand, die ihm den Brief hinhält. Dann geht es plötzlich wie ein Ruck durch seinen Körper.

„Ein Brief", wiederholt er, „ich muß ihn vorhin übersehen haben."

„Er ist zugeklebt!"

„Dann machen wir ihn eben auf." Gleichzeitig reißt er ihn auch schon auf.

Seine Lippen murmeln den Text, doch Dicki kann kein Wort verstehen. Um so mehr erstaunt ihn Perrys Benehmen. Fassungslos sieht er, wie sein großer Freund plötzlich aufspringt, wie wild im Zimmer umherläuft und scheinbar immer wieder den gleichen Text liest. Endlich kann Dicki seine Ungeduld nicht mehr zügeln.

„Was steht denn in dem Brief, Mister Clifton?"

Dicki muß zweimal fragen, bevor Perry seine Frage wahrnimmt. Und Dicki spürt, daß irgend etwas Seltsames in diesem Brief stehen muß. Noch nie hat er Perry Clifton so aufgeregt gesehen. Und wenn er genau hinsieht — Perrys Hände zittern ja ... richtig zittern tun sie ... wie bei dem alten Billy Kaprigh, der freitags immer nach alten Lumpen schreit.

Und noch verwunderter wird Dicki, als er jetzt Perrys Stimme hört. Sie ist heiser wie Popes Stimme nach dem 13. Whisky ...

„Höre genau zu, Dicki ..." und langsam, jedes Wort betonend, beginnt Perry zu lesen:

„Kalkutta, am 2. Februar 1911 ..."

Dicki staunt: „So lange ist das schon her?"

„Kalkutta, am 2. Februar 1911", wiederholt Perry gereizt durch die Unterbrechung.

„Ich, Lester Mac Dunnagan, schreibe diese Zeilen für den Fall, daß mir auf der Überfahrt nach Europa etwas zustößt. Möge sich der Mensch ewig glücklich preisen, der diese Zeilen liest.

Ich, Lester Mac Dunnagan, habe die sensationellste Erfindung gemacht, die je ein menschliches Hirn ersinnen konnte. Es ist mir gelungen, eine Metallzusammensetzung zu entdecken, mit der ein Menschheitstraum Wirklichkeit wird — die Unsichtbarkeit ..."

Perry fixiert Dicki unter halbgesenkten Augenlidern, und Dicki, der diesen Blick spürt, rutscht unruhig hin und her.

Perry hebt jetzt die Stimme etwas, als er fortfährt:

„Derjenige, der meinen Metallwürfel umfaßt oder auf der blanken Haut trägt, wird im gleichen Augenblick für seine Umwelt unsichtbar . . .“

Sekundenlang herrscht Stille im Zimmer. Nur Perrys aufgeregtes Atmen ist vernehmbar. Dicki hat alles verstanden, wenn das Begreifen auch gar nicht so einfach ist . . . wie war das? . . . Derjenige wird für seine Umwelt unsichtbar? Das gibt es doch gar nicht . . . Unsichtbar wird man, wenn man sich unterm Bett versteckt, oder im Kleiderschrank . . . oder unter einem Bretterhaufen . . . aber so . . . ungläubig kommt es von seinen Lippen:

„Aber das gibt's doch gar nicht, Mister Clifton . . .?!“

Und weil Perry geistesabwesend vor sich hinstarrt, setzt er noch hinzu:

„Man kann sich doch gar nicht unsichtbar machen . . . Hallo, Mister Clifton — warum sehen Sie mich so an?“

„Dicki, bin ich verrückt?“

Dicki schluckt erst den dicken Kloß hinunter, der ihm im Hals sitzt. Mühsam antwortet er dann:

„Ich glaube nicht, Mister Clifton.“

Perry scheint plötzlich aus einem Traum zu erwachen. Jetzt lächelt er wieder und die ungeheure Spannung in Dicki läßt nach. Er stößt einen tiefen Seufzer aus, als sich Perry jetzt wieder neben ihn auf den Boden hockt.

„Wahrscheinlich war ich gerade dabei, meinen Verstand zu verlieren. Entweder ist dieser Lester Mac Dunnagan der größte Schwindler oder das größte Genie. Gehen wir den Dingen auf den Grund. Dicki, wo ist das Kästchen?“

Gemeinsam beginnen sie den Koffer aufs neue zu durchwühlen. Und wieder ist es Dicki, der Erfolg hat. Stolz hebt er ein kleines Kästchen hoch.

„Hier wird es drin sein!“

„Hier wird *er* drin sein“, verbessert Perry, „es soll sich ja um einen Metallwürfel handeln.“

„Soll ich aufmachen?"

„Nein, erst wollen wir den Brief des seltsamen Mister Dunnagan zu Ende lesen. Also — Mister Mac Dunnagan schreibt weiter: Um den Metallwürfel herzustellen, bedarf es unzähliger Zusammensetzungen. Die Formeln der einzelnen Entstehungsperioden habe ich auf den beiliegenden 72 Blättern niedergeschrieben. Es ist zu berücksichtigen, daß zwischen den einzelnen Behandlungsphasen Mindestabstände von drei Stunden eingehalten werden. Das Unsichtbarwerden tritt sofort ein. Stellt man sich dazu vor einen Spiegel, wird man sich darin vergeblich suchen. Sieht man jedoch an sich herunter, stellt man fest, daß die Unsichtbarkeit vor den eigenen Augen nicht gilt. Unterschrift — Lester Mac Dunnagan."

Dicki reicht Perry das kleine Kästchen hin.

„Wollen Sie es probieren, Mister Clifton?"

Perry öffnet zögernd den Deckel. Was er sieht, ist ein silbrig glänzender Metallwürfel. Nicht größer als ein Daumennagel. Kleine Schweißperlen haben sich auf Perrys Stirn gebildet.

„Ich habe ein verdammtes Gefühl in der Magengegend, Dicki. Ein verdammt merkwürdiges Gefühl . . ."

Langsam erhebt sich Perry vom Boden. Mit schwerfälligen Schritten durchquert er das Zimmer und bleibt vor einem Stuhl stehen.

„Komm her, Dicki! Setz dich auf diesen Stuhl hier."

Dicki tut, was Perry sagt. Dabei verfolgt er mißtrauisch jede von Perrys Bewegungen. Perry nimmt sich einen zweiten Stuhl und setzt ihn Dicki gegenüber. Abstand dreieinhalb bis vier Meter.

„Dicki — ich setze mich jetzt auf diesen Stuhl . . .", er tut es, „ich nehme das Kästchen, öffne den Deckel . . ."

„Wenn nur nichts passiert, Mister Clifton." Dickis Stimme klingt gepreßt und Perry sieht, daß es Dicki alles andere als wohl zu sein scheint.

„Du brauchst keine Angst zu haben. Du sollst mir nur auf alle meine Fragen antworten. — Willst du das tun?"

„Ja", es ist nur ein Flüstern, und selbst das fällt Dicki schon unsagbar schwer. Gebannt blickt er auf Perry, dessen Hand sich jetzt dem Kästchen nähert.

Und dann geschieht es. Dicki preßt seine Augen zusammen, reißt sie wieder auf. Das Entsetzen lähmt seine Zunge und seine Finger krallen sich um den Stuhlsitz. Er möchte aufstehen, davonlaufen . . . und dann würgt er es doch heraus . . . stotternd . . .

„Mister Clifton — Sie — sind . . . verschwunden."

Sekunden vergehen. Sekunden des Schweigens. Und dann klingt es fast wie Jubel.

„Dicki, siehst du den Stuhl, auf dem ich sitze?"

„Ja . . . aber der Stuhl ist leer." In Dickis Stimme schwingt das nackte Grauen mit.

Da, der Stuhl bewegt sich . . . von allein?

„Was tun Sie jetzt . . . ich habe Angst, Mister Clifton . . ."

„Ich bin nur hinter den Stuhl getreten. Du brauchst dich nicht zu fürchten . . . Ich schiebe jetzt den Stuhl nach vorn . . ." Quietschend rutscht der leere Stuhl auf Dicki zu . . . immer näher. Noch einen Meter . . .

„Ich stehe jetzt direkt vor dir, Dicki. Strecke deine Hand aus. — Na, fühlst du mich?"

Dicki atmet tief auf, als er fühlt, wie sich Perrys Hand um die seine schließt.

„Es ist unheimlich hier, Mister Clifton . . ."

In diesem Augenblick steht Perry wieder vor ihm. Leibhaftig und lebendig. Und er lacht. Lacht, als sei es der köstlichste Spaß gewesen. Dabei ist Dicki vor lauter Angst in Schweiß gebadet.

„Gott sei Dank, daß Sie wieder da sind. Ich wäre vor Angst beinahe gestorben."

„Dicki, ich verbeuge mich vor dem Genie des Mister

Dunnagan." Perrys Stimme klingt feierlich und Dicki muß an die Denkmalseinweihung auf dem Sportplatz denken. Der Rektor hatte genauso gesprochen. Und mit Perrys Wiedererscheinen ist auch Dickis Mut zurückgekehrt. Obgleich ihn der Gedanke daran grausen läßt, fragt er:

„Ob das bei mir auch klappen würde?"

„Bestimmt. Aber du wirst es nicht tun. Vielleicht später einmal. Und jetzt gib mir deine Hand."

Dicki streckt Perry zögernd seine Hand hin. Dieser ergreift sie und spricht ganz ernst.

„Du willst doch mein Freund sein, Dicki?"

„Das bin ich doch auch!"

„Dann versprich mir, daß du niemandem, hörst du, niemandem erzählst, was du in diesem Zimmer erlebt hast. Willst du das tun?"

„Gern, Mister Clifton."

„Und du wirst wie ein Mann zu deinem Versprechen stehen?"

„Ehrenwort."

Dicki ist mit einem Male mächtig stolz. Angst, Verzweiflung und Entsetzen sind vergessen. Er hat jetzt mit Perry Clifton ein Geheimnis. Und was für eines. Nur zu schade, daß er Ronnie Hastings nichts von alledem erzählen darf. Der Neid würde Ronnie auf der Stelle in tausend Stücke zerplatzen lassen.

Perry kann sich unsichtbar machen ... welch ein Ereignis. Und plötzlich beginnt es in Dickis Kopf zu arbeiten ... und dann werden seine Gedanken laut ...

„Sie können jetzt einfach in ein Geschäft gehen, etwas nehmen und wieder davongehen, ohne daß man es sieht."

Und Dicki wird noch deutlicher. Fast ist es Begeisterung, in die er sich hineinsteigert.

„Sie könnten zum Beispiel in eine Bank gehen, über den Schalter klettern und so viel Geld nehmen, wie Sie wünschen. Oder auch in ...

„Dicki!!"

Als Dicki Perrys Gesicht sieht, verstummt er. Vielleicht kommt ihm erst jetzt zum Bewußtsein, was er eben dahergeredet hat. Beschämt senkt er die Augen.

„Warum denkst du nicht zuerst an das, was man ungesehen Gutes tun könnte, Dicki? Wäre so etwas nicht viel schöner?"

Dicki nickt stumm. Am liebsten würde er jetzt im Boden versinken. Dabei war ihm das alles doch gar nicht ernst.

„Mir ist da eben ein grandioser Einfall gekommen..." Perry nagt nachdenklich an seiner Lippe, während seine Finger einen Marsch auf der Stuhllehne trommeln.

„Dicki — über welchen Kriminalfall schreiben die Zeitungen zur Zeit am meisten?"

Dicki blickt erstaunt hoch. Merkwürdig, daß Perry ausgerechnet jetzt auf sein Hobby zu sprechen kommt. Und dann diese Frage? Wo doch fast jedes Kind auf der Straße weiß, daß es sich — halt, vielleicht bringt Perry diesen Fall mit seinem Würfel in Verbindung...?

„Es ist der Raub der Kandarsky-Diamanten", antwortet Dicki endlich auf Perrys Frage.

„Ganz richtig. Der Raub der Kandarsky-Diamanten", wiederholt Perry in eigenartigem Tonfall.

„Man hat noch nicht die geringste Spur; von Verhaftungen ganz zu schweigen. Und der Tag, an dem die Versicherung wird zahlen müssen, ist nicht mehr weit entfernt." Und jetzt bückt sich Perry zu Dicki hinunter.

„Dicki — mit Hilfe dieses Zauberwürfels wird sich Perry Clifton in die Nachforschungen einschalten. Vielleicht werde ich ganz London auf den Kopf stellen..."

„Aber Scotland Yard..." schluckt Dicki.

„Scotland Yard wird vorläufig nichts erfahren. Morgen früh setze ich mich mit der Versicherung in Verbindung."

„Werden Sie von dem Würfel erzählen?"

„Kein Wort — und jetzt gehen wir schlafen!"

Herr Direktor läßt bitten . . .

In dieser Nacht schläft Perry nicht viel. Er kann das Wunder dieser Erfindung nicht begreifen. Dicki ist längst bei seinen Träumen, als Perry sich immer wieder vor seinen Ankleidespiegel stellt, den Würfel zur Hand nimmt und das Phänomen seines eigenen Verschwindens erlebt. Er starrt in den Spiegel — leer. Einmal — zehnmal — fünfzigmal . . .

Seine Gedanken wirbeln durcheinander wie ein Haufen trockener Blätter. Manchmal lächelt er vor sich hin, dann wieder lacht er laut heraus. Und immer wieder führt ihn sein Weg vor den Spiegel.

Der Morgen graut schon von Osten her, als Perry in einen leichten Schlummer fällt.

Perry schläft knapp vier Stunden. Um acht Uhr steht er auf, wäscht und rasiert sich sehr sorgfältig, zieht seinen besten Anzug an und verläßt um 8 Uhr 40 das Haus Starplace Nr. 14. Um 9 Uhr 22 betritt er die Empfangshalle der Silver-General-Versicherung . . .

„Darf ich fragen, wohin Sie möchten, Sir?"

Er hat Ähnlichkeit mit einer Kugel, fährt es Perry durch den Kopf, als er den dicklichen Portier plötzlich vor sich auftauchen sieht. Alles an ihm ist kugelhaft. Zuerst der Kopf, der Bauch, die ganz Figur . . . er sollte weniger essen . . . Fast scheint es, als habe der Portier Perrys Gedanken erraten, denn seine Augen blicken alles andere als freundlich . . .

„Ich möchte zu Direktor Stanford", klärt Perry den Ungeduldigen auf. „Und damit Sie auch gleich wissen, worum es sich handelt" — Perry senkt die Stimme zum Flüstern — „es handelt sich um die Kandarsky-Diamanten."

Für einen Augenblick ist der Portier verdutzt, ein forschender Blick fällt auf Perry, der wieder ein Gesicht macht, als habe er soeben „guten Morgen" gewünscht.

„Bitte, Sir, gedulden Sie sich einen Augenblick. Ich werde Sie bei Direktor Stanford anmelden."

Sagt es und verschwindet in einer schalldichten Telefonzelle neben der Portierloge.

Während Perry auf und ab geht, wählt der Portier eine Nummer. Perry hat nicht die leiseste Ahnung, daß es eine völlig andere Nummer als die des Direktors ist.

„Scotland Yard", tönt es aus der Muschel, „welche Abteilung wünschen Sie?"

„Raub — Inspektor Long."

Des Portiers Stimme klingt aufgeregt, als sich Inspektor Long vom Raubdezernat meldet.

„Hier spricht der Portier der Silver-General-Versicherung, Herr Inspektor. Sie haben mir doch gesagt, daß ich Ihnen alle verdächtigen Wahrnehmungen im Fall Kandarsky melden soll..." Er macht eine Atempause und wischt sich den Schweiß vom Gesicht. „Soeben verlangt ein Mann den Direktor zu sprechen. Er behauptet, es handle sich um die Kandarsky-Diamanten. Der Mann erscheint mir sehr verdächtig, Herr Inspektor."

Die Anweisung, die dem Portier aus der Muschel entgegenklingt, ist kurz und bündig.

„Halten Sie den Mann auf. Wir sind in fünf Minuten bei Ihnen..."

Perry sieht dem Portier erwartungsvoll entgegen.

„Bitte noch um etwas Geduld, Sir. Der Herr Direktor wird in fünf Minuten für Sie zu sprechen sein..." und als er Perrys zufriedenes Lächeln sieht, fährt er fort, „bitte, nehmen Sie so lange in unserem kleinen Wartesalon Platz..."

Perry, froh darüber, daß bisher alles nach Plan gegangen ist, folgt der Kugel. Und als sich die Tür hinter ihm schließt, läßt er sich mit behaglichem Grunzen in einen der supergroßen Sessel fallen ...

Perry sieht auf seine Armbanduhr. 9 Uhr 30. Er wartet bereits seit acht Minuten. Er geht zur Tür. Einem unerklärlichen Gefühl folgend, öffnet er sie nur einen Spalt weit. Was er sieht, läßt ihn zusammenfahren. So ein Schurke, schimpft er leise. Der Portier redet auf zwei Männer ein und weist dabei fortwährend in seine Richtung. Perrys geschultes Auge hat sofort erkannt, daß es sich um Kriminalbeamte handelt.

Geräuschlos zieht Perry die Tür wieder ins Schloß. Mit wenigen Sätzen springt er in die äußerste Ecke des Zimmers. Seine Hand fährt in die Tasche. Fest umklammert sie den Würfel. Gerade noch rechtzeitig genug.

Die Tür öffnet sich. Drei Männer drängen herein. Die Kugel als letzter.

Sechs Augen durchwandern das Zimmer. Dann wendet sich der eine der Herren an den Portier. Und man kann nicht sagen, daß seine Stimme übermäßig freundlich ist.

„Wollen Sie uns zum Narren halten?"

Der Portier scheint aus seiner Versteinerung zu erwachen ... Mit kurzen trippelnden Schritten umgeht er jeden einzelnen Sessel ... „Er ist weg ..."

„Behaupteten Sie nicht, Sie hätten die Tür keinen Augenblick aus den Augen gelassen?"

„Es ist die reine Wahrheit, Herr Inspektor", stottert der Portier.

„Einen zweiten Ausgang gibt es auch nicht", schaltet sich jetzt der zweite Beamte ein. „Ich glaube doch, Sie haben ein wenig zu tief ins Glas geguckt, mein Lieber!"

„Keinen Schluck habe ich getrunken", beteuert der Portier und kann es noch immer nicht fassen.

„Dann holen Sie das mal schleunigst nach", empfiehlt Inspektor Long spöttisch und verläßt kopfschüttelnd mit seinem Kollegen den Versicherungspalast.

Geistesabwesend schließt der Portier die Tür des Warte-salons und blickt verständnislos hinter den davongehenden Beamten her.

Er soll getrunken haben ... Er ist empört — und be-schließt das tatsächlich sofort nachzuholen. Mit unsicheren Schritten geht er zu seiner Loge zurück. Als er das Gläs-chen Kümmelschnaps — Kümmelschnaps soll gut für die Verdauung sein, hat er gelesen — an den Mund setzt, öffnet sich die Tür des Wartesalons und — Perry tritt heraus.

Das Glas entgleitet den Fingern des Portiers und zer-bricht in vielen Splittern auf dem Boden.

Perry geht mit forschen Schritten auf den Kugeligen zu, der mit weit aufgerissenen Augen zurückweicht, bis ihn die Rückwand seiner Loge aufhält.

„Sagen Sie mal, wie lange wollen Sie mich eigentlich noch warten lassen? Die fünf Minuten sind genau seit fünf Minuten vorbei ..." Perry tut besorgt. „Was ist Ihnen? Ist Ihnen schlecht geworden?"

Die Lippen des Portiers öffnen sich — und schließen sich wieder. Aber er bringt keinen Ton heraus. Verzweifelt sucht er nach einem Halt. Fast eine Minute vergeht, bis er endlich zitternd fragt:

„Sie sind da? Wo haben Sie denn gesteckt?"

„Was soll die Fragerei? Wo soll ich schon gesteckt haben? Sie sollten mal zum Arzt gehen, Mister, sehen ja miserabel aus ..."

„Aber der Inspektor ... der Inspektor ... der hat doch auch ..." es ist mehr ein heiseres Krächzen als ein Spre-chen.

Perry spielt jetzt den ganz Energischen.

„Hören Sie, Mister — gehen Sie zum Doktor. Der gibt Ihnen ein Mittelchen. Aber zuerst fragen Sie bei Direktor Stanford an, wie lange ich noch warten soll!!"

Genau dreimal sechzig Sekunden später betritt Perry Clifton das Büro des Versicherungsdirektors Robert P. Stanford, des Allgewaltigen der Silver-General-Versicherung.

Stanford ist um die Fünfzig herum, trägt sein Haar in der Mitte gescheitelt und stellt eine sehr gelangweilte Miene zur Schau.

„Bitte, nehmen Sie Platz, Mister! ... Wie war doch Ihr Name?"

Perry lächelt. „Sie werden es mir verzeihen, Sir, wenn ich meinen Namen zum gegenwärtigen Zeitpunkt noch nicht nennen kann."

Perry lehnt sich zurück und registriert ein verärgertes Erstaunen bei Sir Stanford.

„Wie Sie wünschen, Mister Unbekannt. Wie ich aus dem Gestammel des Portiers entnommen habe, handelt es sich um die Kandarsky-Diamanten?"

„Ganz recht", stimmt Perry zu. „Der Portier scheint im Augenblick ein wenig durcheinander zu sein ... aber kommen wir zur Sache: Ich will Ihnen helfen, die Diamanten wieder zu beschaffen."

Wenn Perry geglaubt hat, daß ihm der Direktor jetzt freundlich zustimmt, sieht er sich in seinen Erwartungen enttäuscht. Im Gegenteil. Stanfords Stimme ist mehr als ironisch, als er nach einer kurzen Spanne des Zögerns antwortet:

„Wie freundlich von Ihnen. Vielleicht ist es Ihrer Aufmerksamkeit entgangen, daß sich Scotland Yard bereits dieser Aufgabe widmet."

Als Perry den Mund öffnet, hebt Stanford die Hand ...
„Und nicht nur das, Mister ‚Ohnenamen', auch eine Reihe namhafter Privatdetektive, einschließlich der unserer eigenen Versicherungsgesellschaft, verfolgen das gleiche Ziel. Sie sehen, daß wir auf Ihre Hilfe gern verzichten können."

Perry Clifton ist so leicht nicht aus der Ruhe zu bringen. Das muß auch Sir Stanford erfahren.

„Trotz dieses Massenaufgebotes war der Erfolg bisher gleich null. All diesen Leuten stehen nicht annähernd *die* Hilfsmittel zur Verfügung, die *ich* vorzuweisen habe."

Stanford scheint eine Spur interessierter zu sein. Zumindest hat Perry dieses Gefühl.

„Das soll ich Ihnen glauben?"

„Ich würde Sie darum bitten. Was riskieren Sie schon, wenn Sie mich in das Heer der Nachforschenden einreihen."

Jetzt stellt Stanford eine Frage, die Perry mehr als unangenehm ist.

„Sie sind von Beruf Detektiv?"

„Nein, Sir. Die Kriminalistik ist sozusagen mein Steckenpferd. Ich arbeite in der Werbeabteilung eines Kaufhauses und habe mir für den Fall vierzehn Tage Urlaub genommen."

Ja, und jetzt lacht Stanford sogar. Perry ist für einen Augenblick irritiert. Warum, zum Teufel, lacht dieser Stanford. Er kann sich nicht erinnern, einen Witz erzählt zu haben.

„Mit anderen Worten, Sie wollen den Fall Kandarsky in vierzehn Tagen aufgeklärt haben?!"

„Ja!"

„Hören Sie zu." Stanfords Stimme ist um eine Nuance freundlicher geworden. „In zwölf Tagen läuft die Wartefrist ab. Dann müssen wir zahlen. Das heißt, wir müssen die Versicherungssumme ausbezahlen. Die Diamanten waren bei uns mit 70 000 Pfund Sterling versichert. Sollten Sie zum Auffinden der Diamanten wesentlich beitragen, erhalten Sie von uns 2000 Pfund auf die Hand."

Perry ist jetzt ganz sachlich.

„Lassen Sie mich die bekannten Fakten noch einmal zusammenfassen, Sir. — Baron Kandarsky hat die Diamanten von der Bank geholt, da seine Gattin diese bei einem am Abend stattfindenden Festbankett tragen wollte. Auf der Fahrt durch den Milton-Forst platzte ein Reifen. Der Chauffeur begann das Rad zu wechseln, während ihm der Baron dabei zusah. Plötzlich erhielt der Chauffeur einen Schlag über den Kopf und verlor die Besinnung. Als er wieder zu sich kam, lag der Baron halb über ihm. Ebenfalls besinnungslos und blutend aus einer Stirnwunde. Auto samt Diamanten waren verschwunden. Den Wagen fand man Tage später völlig zertrümmert in der Bolton-Schlucht zwanzig Meilen von London entfernt. — So war doch der Sachverhalt?"

Perry sieht den Direktor fragend an.

„Haargenau. Sie sind das reinste Zeitungsarchiv."

„Ich glaube, daß ich die zweitausend Pfund verdienen werde, Sir. Erlauben Sie mir, daß ich bei meinen Nachforschungen notfalls erwähne, daß ich mit Wissen der Versicherung handle?"

„Nur wenn es unbedingt nötig ist", kommt Stanfords Antwort zögernd. Ein bißchen entgegenkommender könnte er schon sein! denkt Perry. Aber er ist trotz allem zufrieden. Was er erreichen wollte, hat er erreicht. Und fast ein bißchen zu übermütig verkündet er dem reserviert Zuhörenden:

„Dann darf ich mich jetzt verabschieden, Sir. Und sollte Ihnen heute noch etwas Merkwürdiges passieren, dann können Sie damit rechnen, daß meine Mitarbeit Ihnen viel Geld erspart . . ."

„Wenn Ihre Erfolge so groß sind, wie Ihre Andeutungen geheimnisvoll, dann müßte ich zufrieden sein. Auf jeden Fall werde ich mich überraschen lassen."

Wenn er nur nicht so überheblich tun würde, schimpft Perry innerlich. Und was die Überraschung anbetrifft, so soll er sie haben.

Die Gelegenheit dazu ergibt sich schneller als gedacht.

Will Perry Clifton von Stanfords Direktionszimmer auf den Korridor gelangen, muß er Miß Perkins' Sekretariat durchqueren. Als er nun Stanfords Tür schließt, umfassen seine Finger den Zauberwürfel.

Miß Perkins, die das Geräusch der Tür wahrgenommen hat, wendet sich für einen Augenblick um, als sie jedoch niemanden sieht, hämmern ihre Finger weiter auf die Schreibmaschine ein.

Perry verdrückt sich auf spitzen Zehen in eine Ecke. Er muß nicht lange warten. Nach zehn Minuten erscheint Stanford mit einer Akte unter dem Arm. Die Tür zu seinem Zimmer bleibt offenstehen. Im Vorbeigehen teilt er Miß Perkins mit, daß er in die Registratur gehe.

Behend und geräuschlos huscht Perry in Stanfords Zimmer zurück. Er kichert lausbübisch in sich hinein, als er beginnt, Stanfords Büroutensilien planvoll dorthin zu bugsieren, wohin sie nicht gehören.

Zwei Radiergummis finden sich auf Kaktusstacheln wieder, mehrere Bleistifte werden aufrecht stehend in diversen Blumentöpfen verteilt. Die Heftmaschine wandert auf den Gipskopf des Begründers der Silver-General-Agentur — Sir Henry Loopings — während ein Briefbeschwerer unter dem Sitzkissen des Direktionssessels seinen Platz einnimmt.

Noch ein Blick in die Runde — und schon hat Perry seinen alten Platz in Miß Perkins' Zimmer wieder eingenommen. Zwei Minuten später kehr Robert P. Stanford zurück.

Perry beginnt zu zählen. Eins — zwei — drei . . . bei sieben dröhnt es:

„Miß Perkins!!!"

Miß Perkins ist erschrocken zusammengefahren. Rasch greift sie nach Bleistift und Block und eilt hinüber.

„Was soll dieser Blödsinn? . . . Haben Sie heute ihren witzigen Tag?"

Perry schüttelt sich innerlich vor Lachen. Er hat genug gehört und beschließt zu verschwinden. Miß Perkins wird sich ihrer Haut schon wehren, tröstet er sich und nimmt sich vor, ihr bei Gelegenheit eine große Packung Pralinen zu schicken.

Perry macht an diesem Morgen noch einen zweiten Besuch. Diesmal ist es kein glas- und chromblitzendes Versicherungsgebäude. Diesmal ist die Fassade grau und häßlich. Und Perry kann sich eines leichten Fröstelns nicht erwehren, als er den Torbogen durchschreitet. Scotland Yard könnte sich auch ein wenig freundlicher etablieren, geht es ihm durch den Kopf.

Zehn Minuten später sitzt er seinem alten Schulfreund Scotty Skiffer gegenüber. Detektivsergeant Scotty Skiffer.

„Hallo, Perry. Das freut mich, daß du mal vorbeikommst. Wie geht es?"

„Danke, Scotty. Ich mache zur Zeit vierzehn Tage Urlaub."

„Beneidenswerter. Willst du verreisen?"

Perry probiert gemächlich den Gin, den ihm Scotty hingeschoben hat. Er läßt sich Zeit. Als er das Glas endlich absetzt, lächelt er seinen Freund an, als wolle er ihm zum Geburtstag gratulieren.

„Nein, Scotty. Ich habe eine Aufgabe übernommen. Und wenn ich ehrlich sein soll" — er macht eine effektvolle Pause — „so uneigennützig komme ich gar nicht."

„Habe ich mir doch gedacht, alter Gauner", brummt Detektiv Skiffer verdrießlich. „Willst du uns wieder mal Konkurrenz machen?"

„Spotte nicht! Ich habe einen dicken Fisch vor der Angel!" Scotty wiegt ungläubig den Kopf.

„Und wer ist dieser Jemand, der dir mehr zutraut als der Polizei?"

Perry wächst um drei Zentimeter, als er jetzt, jedes Wort genießerisch auf der Zunge zergehen lassend, antwortet:

„Die Silver-General-Versicherung. Ich werde die Kandarsky-Diamanten wieder herbeischaffen."

„Das ist ein Witz, Perry!" stellt Scotty sachlich fest.

„Bei 2000 Pfund hören die Witze auf. Hör zu: Du gehörst zwar nicht dem Raubdezernat an — aber eine Frage kannst du mir trotzdem beantworten. Wen hat der Yard am dicksten im Verdacht, die Sache gedreht zu haben?"

Scotty lehnt sich zurück.

„Du liebe Güte. Da kommt eine ganze Reihe feiner Herrschaften in Betracht, wenn auch einige Experten gerade im Gefängnis sind. Unter uns gesagt — wir tappen noch völlig im dunkeln. Nur eines steht fest: Irgendwas ist an der Sache faul. Und wenn es nur daran liegt, daß mir dieser Kandarsky unsympathischer ist als drei Schwärme Heuschrecken. Und außerdienstlich freue ich mich darüber, daß ihm ein Ganove den Schmuck geklaut hat . . . Ich möchte nur wissen, wie du an die Diamanten herankommen willst . . .?"

Perry, der aufmerksam zugehört hat, zuckt mit den Schultern, dazu macht er eine ziemlich unglückliche Miene . . .

„Irgendwas wird mir schon einfallen . . . So ganz ohne bin ich nämlich nicht . . ."

Und als Scotty hinterhältig grinst — Perry empfindet es wenigstens so — setzt er geheimnisvoll hinzu:

„Du wirst noch eine Menge von mir hören. Und eines Tages wird jedes Detektivbüro froh sein, mich zu seinen ersten Kräften zählen zu können."

„Mit deinem Optimismus würde ich Polizeipräfekt von London", lacht Scotty. Und er lacht auch noch, als sich die Tür längst hinter Perry geschlossen hat.

Peek, Peek & Sohn, Spezialgeschäft für Herrenkonfektion, nennt sich das erste Haus am Platze. Spiegel in allen Größen und Formen lassen die Räume größer erscheinen, als sie in Wirklichkeit sind. Die dicken Bodenteppiche schlukken jeden Schritt, und das Sprechen der Verkäufer und Kunden hört sich wie unterdrücktes Gemurmel an.

Als Perry das Geschäft betritt, eilt ihm sofort ein Herr entgegen, der aussieht, als sei er soeben einem Modejournal entstiegen.

„Womit kann ich Ihnen dienen, Sir?"

„Ich möchte gern ein Paar graue Hosen!"

Der Vornehme schnippt dezent mit dem Finger, worauf sich ein junger, sommersprossiger Mann zu ihnen gesellt.

„Fred, der Herr wünscht ein Paar graue Beinkleider!"

„Bitte, Sir, wenn Sie mir bitte folgen wollen?!" Gravitätisch wie ein Stierkämpfer geht er Perry voran.

„Welches Grau soll das gewünschte Kleidungsstück haben, Sir?"

Perry folgt dem jungen Verkäufer an einen mit schwarzem Glas belegten Verkaufstisch.

„Tja, wissen Sie, ich habe zu Hause ein dunkelblaues Tweedjackett . . . dazu hätte ich gern ein passendes Grau . . ."

„Hm — dunkelblaues Tweed . . . ich glaube, ein sehr helles Grau wäre da das Richtige . . . Bitte, Sir, entschuldigen Sie mich einen Augenblick."

Perrys plötzlicher Einfall, sich ein Paar graue Hosen zu kaufen, kam nicht von ungefähr. Schon seit einiger Zeit will er sich zu dem bewußten Tweedjackett ein Paar passende Hosen anschaffen. Daß er ausgerechnet heute diesen Wunsch verwirklichen will, liegt wohl an der guten Stimmung, in der er sich bereits seit dem frühen Morgen befindet.

Da ist der Sommersprossige auch schon zurück.

„Bitte, Sir — was sagen Sie zu diesem Stück?"

45

„Hm — ganz schön. Glänzt wie Metall."

„Heute morgen erst hereingekommen. Es ist sozusagen die neueste Kollektion."

„Und Sie meinen, daß dieses Grau zu blauem Tweed paßt?"

„Unbedingt, Sir. Außerdem stellen diese Beinkleider etwas ganz Besonderes dar. Sie bestehen zu 100 Prozent aus reiner Chemiefaser."

„Aha — mit anderen Worten: Hosen aus der Retorte."

Der Sommersprossige läßt ein höfliches Lachen hören und stimmt zu. „Ja, Sir, Sie haben das sehr treffend ausgedrückt. Außerdem sind diese Beinkleider völlig knitterfrei."

Fast hat es den Anschein, als wolle der Vornehme von vorhin seinem Verkäufer zu Hilfe kommen. „Ein Stück, wie es nur der elegante Herr trägt", flötet er Perry zu.

„Na, schön. Dann packen Sie mir das Stück ein."

Als Perry Peek, Peek & Sohn verläßt, hat er nicht die leiseste Ahnung, welche Folgen dieser Kauf noch haben wird.

Zwei Besuche in Kensington

Zu Hause angekommen, wird Perry bereits erwartet.

Es ist Dicki, sein kleiner Freund.

Aus Dickis Augen sprechen sämtliche Gefühle, die ihn in den letzten 18 Stunden bewegt haben. Neugier, Angst, Überraschung, Entsetzen, Stolz, Unglaube und Ärger. Ja, Ärger darüber, daß er niemandem von der Existenz des Zauberwürfels Mitteilung machen durfte. Doch um so mehr trumpft er auf, als ihn Perry wenig später daraufhin anspricht . . .

„Na, Dicki, schön dichtgehalten?"

„Nicht ein Wort habe ich gesagt. Mit keinem Menschen habe ich gesprochen. Ich war stumm wie ein Fisch."

Perry lächelt.

„Ein bißchen viel Beteuerung auf einmal. Findest du nicht auch?"

„Ich habe Ihnen doch mein Ehrenwort gegeben."

„Ich glaube dir, mein Sohn."

Dickis Blicke wandern zu dem in der Ecke stehenden Holzkoffer.

„Wissen Sie, Mister Clifton — heute früh habe ich mir tatsächlich überlegt, ob ich nicht nur alles geträumt habe."

Perry beginnt sein Paket aufzupacken. Als er die Hose aus der Plastiktüte zieht, staunt Dicki.

„Das ist 'ne tolle Hose."

„Dicki — das ist keine Hose — das sind ..." Perry spitzt die Lippen ... „Bein-kleider".

„Beinkleider?"

„Ja, Beinkleider. Das ist vornehm, weißt du. Aber unter uns: Hosen gefällt mir besser!"

„Warum glänzen die Dinger denn so?"

„Das liegt am Material, Dicki. Diese Hosen sind nämlich aus einer Chemiefaser gemacht . . . das heißt der Stoff."

„Mister Clifton — waren Sie eigentlich bei der Versicherung?"

„Ja, Dicki, ich stecke sozusagen schon mitten in dem Fall drin."

„Das ist toll", staunt Dicki.

„Das kann man wohl sagen. Und jetzt mußt du verschwinden, ich will mich umziehen."

„Wollen Sie denn schon wieder weg?" Dicki ist maßlos enttäuscht. Dabei hat er geglaubt, daß Perry ihm jetzt in allen Einzelheiten Bericht erstatten wird. „Müssen Sie unbedingt wieder fort?" fragt er noch einmal.

„Ja, mein Sohn. Und dazu werde ich jetzt in meine neuen Höschen fahren, mein blaues Jackett anziehen und mich als eleganter Herr nach Kensington begeben."

„Nach Kensington?"

„Ja, Dicki, dort wohnt nämlich der Baron Kandarsky, und dem möchte ich einen Besuch abstatten."

Perry Clifton fährt mit der U-Bahn bis Endstation Chelsea. Mit dem Omnibus gelangt er dann bis Hydepark und erst hier besteigt er eine Taxe, die ihn nach Kensington bringt, wo sich die Villa des Barons befindet.

Zählt er die Kilometer dieser kleinen Reise zusammen, so kommt er auf die stattliche Zahl von zweiunddreißig.

Es ist wenig nach 13 Uhr, als er auf die Klingel am schmiedeeisernen Tor drückt.

Ein Butler mit schwarzweiß gestreifter Weste taucht auf. Perry gibt an, daß er von der Silver-General-Versicherung kommt.

Wozu soll ich ihm sagen, daß das gar nicht stimmt, überlegt er.

Der Empfang durch den Baron ist frostig, und Perry gibt seinem Freund Scotty recht, der den Baron als unsympathisch bezeichnete.

„Ich bin Baron Kandarsky. Sie kommen von der Versicherung, sagten Sie?"

„Ja und nein, Sir. Ja bedeutet, daß die Versicherung über mich und meine Pläne unterrichtet ist — nein bedeutet, daß sie nichts von meinem Besuch bei Ihnen weiß."

Die Blicke des Barons sind abweisend und kalt.

„So, und was sind Ihre Pläne?"

„Ich habe der Versicherung angeboten, Ihre geraubten Diamanten wieder herbeizuschaffen."

Als der Baron nach kurzer Pause seinen Mund aufmacht, sind seine Worte voller Hohn.

„Und Sie glauben, daß das, was die Polizei nicht schafft, Ihnen gelingen wird?"

„Ich glaube es, Sir", antwortet Perry ohne weitere Umschweife.

„Das ist lächerlich!"

„Was ist lächerlich, Igor?"

Das war die Baronin, die sich, in diesem Augenblick aus dem Nebenzimmer kommend, neben den Baron stellt. Während sie mit neugierigen Blicken Perry betrachtet, spielen ihre Finger nervös mit einer Kette.

Nervös, die Lady, stellt Perry fest. Sehr nervös.

„Dieser — Herr..." erklärt der Baron seiner Gattin höhnisch..., „ist ein kleiner Privatdetektiv, der es sich in den Kopf gesetzt hat, die Diamanten wieder herbeizuschaffen. Und wenn ich ‚lächerlich'sagte, so meinte ich damit seine Überzeugung, daß er es schafft."

„Ich hoffe trotzdem, daß Sie an meiner Arbeit interessiert sind und mir die Einzelheiten des Überfalls schildern, Sir."

Der Baron gibt sich keine Mühe, seinen Unwillen über Perrys Besuch zu verbergen.

„An Ihrer Arbeit bin ich nicht im geringsten interessiert. Und wenn Sie Einzelheiten wissen wollen, dann wenden Sie sich an die Polizei, die hat alles protokolliert."

„Hm — damit hatte ich allerdings nicht gerechnet", wundert sich Perry laut.

„Das tut mir leid. Ich glaube auch, daß Sie sich jetzt verabschieden müssen, ich habe heute abend viele Gäste und noch eine Menge Vorbereitungen zu treffen."

Wie verabredet öffnet sich in diesem Moment die Tür und der Butler steht steif und würdevoll im Raum.

„Sir, Sie haben geläutet?"

„Dieser Herr will gehen."

Perry Clifton ist über den Hinauswurf nicht nur erbost — nein, er kocht vor Wut. Doch mit keiner Miene offenbart er seine Gefühle. Mit dem freundlichsten Gesicht verbeugt er sich vor dem Ehepaar Kandarsky und verläßt schweigend das Haus.

Und während er wieder Richtung Hydepark geht, arbeitet es in seinem Kopf.

Plötzlich bleibt er abrupt stehen — wie sagte doch der Baron? Er habe heute abend viele Gäste?

Perrys Finger tasten über den Zauberwürfel... Was eben noch Gedankengespinst war — hat schlagartig feste Formen angenommen.

‚Ich werde einer der Gäste sein', beschließt er. Und sei es nur aus dem einzigen Grund, dem eingebildeten Baron den Inhalt einer Salatschüssel auf seinen arroganten Scheitel zu schütten. Natürlich als Unsichtbarer.

Perry beginnt fröhlich zu pfeifen. Sein Entschluß hat ihn mit der eben erlittenen Niederlage ausgesöhnt.

Die Stunden bis zum Abend verbringt er mit allen möglichen Dingen. Auch mit der Niederschrift seiner bisherigen Wahrnehmungen im Fall der Kandarsky-Diamanten. Und er ist froh darüber, daß Dicki ihn nicht stört.

Als es neunzehn Uhr schlägt, macht sich Perry Clifton auf den Weg. Es ist der gleiche Weg, den er vor Stunden schon einmal eingeschlagen hat.

Auch diesmal winkt er sich am Hydepark eine Taxe heran.

„Fahren Sie mich bitte nach Kensington. Am besten, wenn Sie mich Ecke Wood- und Marvelstreet absetzen."

Perry hat eine große Abneigung gegen Taxichauffeure und Friseure, die sich um jeden Preis mit ihren Kunden unterhalten wollen. So hat er im Laufe der Jahre eine Methode entwickelt, die selbst dem hartnäckigsten und redseligsten Zeitgenossen jede Lust an einer weiteren Unterhaltung nimmt.

Daß dem jetzigen Chauffeur diese Fahrt noch lange im Gedächtnis haften bleiben wird, liegt jedoch nicht allein an dem merkwürdigen Gespräch, das der Fahrer mit der Feststellung beginnt:

„Ich glaube, heute nacht wird es regnen . . .“

Perrys Stimme antwortet dumpf und monoton.

„Aber nur, wenn die Sonne nicht scheint.“

„Bitte?“

„Ich sagte: Aber nur, wenn die Sonne nicht scheint.“

Der Chauffeur rutscht unruhig auf seinem Sitz herum, während seine Augen versuchen, Perry im Rückspiegel zu erfassen.

„Das versteh’ ich nicht“, bringt er endlich hervor, und sein Gesicht ist ein einziges Fragezeichen.

Perrys Stimme ist noch um eine Nuance monotoner, als er erklärt: „Ich meine das so. Wenn die Äpfel ihre Wintermäntel ausziehen und die Kirschen ihre Kerne wegwerfen, dann gibt es grünes Glatteis. Dann weint das Korn und die Hühner legen rechteckige Eier. Verstehen Sie das?“

„Oh . . . das . . . ich . . . ich . . . jaja . . . das verstehe ich sehr gut . . .“

Das Gruseln sitzt dem Chauffeur im Nacken. Er ist felsenfest davon überzeugt, daß er es mit einem entsprungenen Irren zu tun hat. Ja, er rechnet fast damit, daß ihm sein unheimlicher Fahrgast jeden Augenblick in die Mütze beißt. Der Angstschweiß rollt ihm in Form von dicken Tropfen rechts und links der Nase herunter. Und niemand ist erleichterter, als er endlich die Kreuzung Wood- und Marvelstreet vor sich auftauchen sieht.

Perry hat inzwischen eine Pfundnote auf das Polster gelegt. Es ist reichlich. Dann fährt seine Hand in die Tasche und umschließt den geheimnisvollen Würfel . . .

Der Wagen verlangsamt seine Fahrt . . . die Bremsen ziehen an . . . ein leichtes Wippen und der Chauffeur verkündet aufatmend:

„Wir sind da, Sir.“

Der Chauffeur wendet sich um.

„Was ist denn . . . bin ich verrückt?" murmelt er. Und seine Augen entdecken die Pfundnote.

In diesem Augenblick öffnet sich wie von Geisterhand die rückwärtige Autotür. Die Pupillen des Wagenlenkers weiten sich vor Entsetzen . . . Und während er krampfhaft Schluckbewegungen macht, spürt er, wie ihn ein Zittern befällt.

Da knallt die Wagentür auch schon zu.

Klipp — klapp — klipp — klapp . . .

Plötzlich kommt Leben in den Chauffeur. Der Motor heult auf, die Bremse knallt zurück und mit schrecklichem Gekreisch rastet der Gang ein. Ein schrilles Pfeifen der mißhandelten Reifen, und schon rast der Wagen mit halsbrecherischer Geschwindigkeit in die nächste Kurve . . .

Zwei Anzeigen werden protokolliert . . .

Polizeisergeant Orville vom 18. Polizeirevier sitzt vor seiner Schreibmaschine und tippt mißmutig an einem Bericht. Er haßt diese Schreibarbeiten fast so wie die Katze seines Nachbarn, die jede zweite Nacht mit ihrem Geheul die ganze Gegend rebellisch macht.

Orvilles Kollege, Polizist Ted Lasher dagegen, genießt laut und deutlich sein Abendbrot. Heißen Tee und Schinkenbrote. Mit unnachahmlicher Routine zieht er mit seinen Zähnen den Schinken zwischen den Broten heraus.

Und um ein Haar wäre er eben an dem letzten Stück erstickt — vor Schreck. Ja, vor Schreck.

Mit einem Heidenspektakel wird die Tür zum Revier aufgerissen und ein Mann stürzt herein. Seine Schirmmütze sitzt verwegen auf dem linken Ohr. Die Haare sind auf der Stirn festgeklebt, und aus der Tasche guckt sein

Schnupftuch. Er fuchtelt wild mit den Armen in der Luft herum. Stoßweise ruft er jetzt den beiden Polizisten zu:

„Was — ich — gesehen — habe . . .“

Orville tritt an den Chauffeur heran, denn ohne Zweifel handelt es sich um einen, und hebt schnuppernd die Nase.

„Drei Promille“, ruft ihm Ted Lasher zu und packt die Reste seiner Abendmahlzeit zusammen.

„Sie müssen eingreifen . . .“

„Mann, Sie sind ja ganz außer sich. Ist Ihnen der Teufel begegnet?“ Für Sekunden starrt der Chauffeur Sergeant Orville an, als müsse er zuerst über dessen Frage nachdenken. Doch dann sprudelt es aus ihm heraus:

„Schlimmer . . . es war furchtbar . . . ich bin vor Schreck bald gestorben . . . Ich fahre nämlich Taxi . . .“

„Das haben wir bereits festgestellt“, registriert Orville trocken. „Wie wär's, wenn Sie jetzt zu Einzelheiten kämen. Wir haben nämlich keine Lust, uns mit hysterischen Leuten zu unterhalten.“

„Ein Fahrgast“, beginnt der Chauffeur, dabei wandern seine Blicke zu der noch immer offenstehenden Tür. Sergeant Orville schließt sie und schiebt dem Besucher einen Stuhl hin . . ., „ich dachte, er sei verrückt“, fährt der Chauffeur fort . . . „dann dachte ich, ich bin verrückt . . . hahahahahihihihihi . . . es war mörderisch.“

Das schrille Lachen fährt den beiden Polizisten in die Glieder. Doch dann richtet sich Sergeant Orville auf.

„Wenn Sie nicht sofort ordentlich reden, werfe ich Sie hinaus. Jetzt der Reihe nach!“

„Also — ich hatte einen Fahrgast . . .“

„Sie hatten einen Fahrgast — weiter!“

„Er stieg am Hydepark ein. Blaues Jackett, graue . . . oh, ich kann's nicht sagen . . .“

Der Chauffeur hat die Hände vors Gesicht geschlagen. Orville wirft Ted Lasher einen Blick zu, der so viel besagen soll: Ein Verrückter.

„Wo sollten Sie ihn denn hinbringen", fragt Orville jetzt behutsam.

„Ecke Wood- und Marvelstreet . . . ich halte dort . . . entsetzlich . . ."

„Sie haben gehalten — was dann?"

Der Chauffeur hebt den Kopf. Es scheint, als habe er sich wieder besser in der Gewalt.

„Ich drehe mich um und sage: Wir sind da, Sir . . . Ja, und dann bin ich vor Schreck erstarrt . . . mein Fahrgast war zur Hälfte verschwunden."

Man sieht es Paul Orville an, daß er langsam in Zorn kommt. Auch Ted Lasher ist zu den beiden getreten. Orvilles Stimme ist nicht mehr freundlich, als er fragt:

„Was soll das heißen, er war nur noch zur Hälfte da?"

„Er will uns auf den Arm nehmen, Paul", stellt Ted fest. Doch der Chauffeur beteuert:

„Nicht doch. Es war so . . . wie von Geisterhand öffnete sich die hintere Tür und ein Paar hellgraue, glänzende Hosen stiegen aus . . ."

Ted Lashers Kinnlade klappt nach unten, während der Sergeant tonlos nachspricht:

„Ein Paar graue, glänzende Hosen stiegen aus?"

„Ja, stiegen aus und gingen Richtung Kitchener-Denkmal davon. Klipp — klapp — klipp — klapp . . ."

Der Chauffeur ist erschrocken zusammengefahren. Sergeant Orville hatte nur ein einziges Wort gebrüllt: „Raus!!"

„Raus!" wiederholt er noch einmal, „oder ich sperre Sie auf der Stelle ein, Sie . . . Sie . . . Sie Hosenseher!"

Verzweifelt sucht der Chauffeur nach überzeugenderen Worten. Doch dann zuckt er ergeben die Schultern. Leise kommt es von seinen Lippen:

„Ich habe Ihnen nur die Wahrheit erzählt. Die reine Wahrheit. Der Mann war mir schon vom ersten Augenblick an unheimlich. Er hat mir weismachen wollen, daß die Wintermäntel ihre ... nein, daß die Äpfel ihre Wintermäntel ausziehen ... und daß es grünes Glatteis gibt, daß das Korn weint und die Hühner rechteckige Eier legen ... Herr Inspektor, was wollen Sie denn ... warum sehen Sie mich denn so an ...?" Sergeant Orville hat sich dem Chauffeur bis auf einen Schritt genähert.

„Seine Lordschaft bekommt Zelle 3, Ted", ruft er Ted Lasher zu, der bereits mit den Schlüsseln klappert. Und zu dem Wagenlenker gewandt, flötet er: „Eure Lordschaft bekommen jetzt ein niedliches kleines Ställchen — zum Eierlegen. Aber nur rechteckige, wenn ich bitten darf. Und morgen früh sind wir vielleicht wieder ganz normal."

Alle Beteuerungen des Taxichauffeurs helfen nichts. Zwei Minuten später läßt er sich ergeben auf die Pritsche in der Arrestzelle fallen.

Von all dem ahnt Perry nichts. Vielleicht hätte er sonst auf den Spaß im Taxi verzichtet. Aber die Versuchung war zu groß. Dazu kam, daß die Straße gerade menschenleer war.

Mittlerweile hat er die Villa des Barons erreicht. Da Perry nicht klingeln kann — welch ungebetener Gast tut das schon gern — klettert er über den Zaun ... Vorsichtig umschleicht er die Villa ... Aus den geöffneten Fenstern hört er Musik und ausgelassenes Lachen. Wohlverwahrt ruht sein kleiner Würfel wieder in seiner Jacke.

Als Perry sich dem Haus von der Rückseite her nähert, sieht er Baron Kandarsky in einem Zimmer des Erdgeschosses in lebhaftem Gespräch mit seiner Gattin. Er redet mit vielen Gesten auf sie ein ... Perry huscht auf das Haus zu. Und da sieht er etwas, das sein Herz höher schlagen läßt: Ein offenstehendes Fenster. Es muß das angrenzende Zimmer zu dem sein, in welchem sich die Kandarskys unterhalten.

Wie ein Indianer auf dem Kriegspfad kommt sich Perry vor, als er sich geräuschlos dem offenen Fenster nähert. Bald kann er undeutliches Gemurmel ausmachen ... und dann ist es ein Wort, das sein Interesse plötzlich wachruft. Diamanten. Die beiden scheinen also über ein mich sehr interessierendes Thema zu verhandeln, stellt er fest und schon steht er mit beiden Beinen auf dem Sims des Fensters.

Geräuschlos tasten sich seine Beine nach unten. Er ist beglückt, als er einen dicken Teppich unter seinen Füßen fühlt.

Aus dem Nebenzimmer fällt genügend Licht herein, so daß Perry feststellen kann, daß es sich anscheinend um einen nicht bewohnten Raum handelt. Alle Möbel sind mit weißen Tüchern abgedeckt.

Schritt für Schritt nähert er sich der halb offenen Tür ...

„... kannst du sagen, was du willst, es war nicht besonders klug."

Perry hat die Stimme der Baronin erkannt. Und diese Stimme ist ziemlich erregt. Der Baron versucht sie zu beruhigen. „Du irrst, meine Liebe. Fürs erste gibt es gar keine bessere Lösung."

Perry hat seinen Würfel zur Hand genommen. Vorsichtig schiebt er sich durch den Türspalt. Der Baron steht mit dem Rücken zu ihm. Auch die Baronin hat sich für einen Augenblick zur anderen Seite gewandt . . . Eindringlich spricht der Baron auf sie ein.

„Ich habe alles genau überlegt. Und da Kathrin zur Zeit im Krankenhaus liegt, war es die beste Lösung. Sie hat uns nicht gesehen und ist infolgedessen völlig ahnungslos. Und vergiß nicht, daß die Uhr sowieso nie lief."

„Ich wollte, du hättest recht. Aber solange ..."

Die Baronin hat sich bei diesen Worten herumgedreht. Mitten im Satz erstarrt sie zur Bewegungslosigkeit, während sich ihre Augen unnatürlich weiten.

„Was hast du denn, Anna?" fragt der Baron, den die Verwandlung seiner Frau in Erstaunen setzt.

„Dort!" flüstert Anna Kandarsky bebend und ihre Hände suchen nach einem Halt.

Als Perry sah, daß sich die Baronin umwandte, machte er noch einen Schritt nach vorn und verharrte.

Warum starrt sie mir so auf die Beine, durchfährt es ihn und seine Augen wandern an sich abwärts. Aber was nützt das schon. Für seine Augen ist der Würfel ohne Wert. Einen Spiegel sollte man haben.

Jetzt sieht auch der Baron mit dem Ausdruck großen Entsetzens auf seine Beine. Perry findet, daß es höchste Zeit zum Verschwinden wird.

Als er sich umwendet, stößt die Baronin einen schrillen Schrei aus. Perry stürzt denselben Weg zurück, den er gekommen war. Was war nur los? überlegt er dabei pausenlos.

Sergeant Orville will gerade das Revier zu einem Rundgang verlassen, als das Telefon schrillt.

Brummig meldet er sich. „18. Polizeirevier, Sergeant Orville." Aufmerksam lauscht er in die Muschel. In seinem Gesicht spiegeln sich Unglauben und Mißtrauen.

„Doch, Sir, ich habe Sie verstanden ... ein Paar laufende graue Beinkleider ... jawohl, ich komme sofort."

Völlig durcheinander läßt Orville den Hörer auf die Gabel zurückfallen.

„Noch ein Verrückter?" fragt Ted Lasher teilnahmsvoll.

„Scheint so", antwortet der Sergeant abwesend. „Diesmal aber kein Chauffeur."

„Wer sonst?"

„Baron Kandarsky!"

Und nun ist es schon das zweite Mal am heutigen Abend, daß Ted Lashers Kinnlade nach unten klappt.

„Mach den Mund zu, Ted, dein Blinddarm kriegt's Reißen", witzelt Orville betont burschikos, obgleich ihm alles andere als witzig zumute ist. Er setzt seine Mütze auf und geht zur Tür.

„Wenn was los ist, ich bin bei Baron Kandarsky zu erreichen."

„Okay, Paul", ist alles, was der Polizist Lasher erwidern kann.

Sergeant Orville wird bereits erwartet. Ohne Umschweife führt ihn der Baron in das Zimmer, in dem sich das Unfaßbare ereignet hatte. Während Orville dem Baron folgt, hört er mit Verwunderung den Lärm einer ausgelassenen Gesellschaft und sekundenlang blitzt in ihm der Verdacht auf, daß sich der Baron nur einen schlechten Scherz erlauben will. Als er wenig später die angstvollen Blicke der Baronin sieht, wischt er jedoch diese Vermutung fort.

Sie guckt wie der Chauffeur, knüpfen seine Gedanken einen Faden zu den Ereignissen im Wachlokal.

„Anna, das ist Sergeant Orville vom 18. Polizeirevier."

„Guten Abend, Sergeant." Ihre Stimme vibriert noch immer.

„Guten Abend, Mylady. — Im übrigen, Sir, ich bin mir nicht ganz klar darüber, daß ich Sie am Telefon richtig verstanden haben."

Der Baron läßt sich nicht anmerken, daß ihn diese Äußerung in Erstaunen setzt, denn am Telefon hatte der Sergeant klar und deutlich seine Worte wiederholt.

Mit hilflosem Zucken seiner Schultern unterstreicht er, daß er es riskieren muß, für verrückt gehalten zu werden.

„Es ist alles so unwahrscheinlich, daß ich Ihnen den Unglauben nicht übelnehme."

„Ich bitte Sie, Sir ..." versucht der Sergeant zu beschwichtigen. „Ich wäre Ihnen dankbar, wenn Sie mir den Ablauf der Ereignisse schildern würden."

„Wir standen hier im Zimmer", beginnt der Baron, „und unterhielten uns."

„Wie ich höre, haben Sie Gäste?"

„Ja. Wir hatten uns hier in das Zimmer zurückgezogen, um über einen kleinen Scherz zu beraten . . ."

„Aha . . ." Orvilles Stimme hat wohl ein wenig skeptisch geklungen, denn der Baron wirft ihm einen mißbilligenden Blick zu . . .

„Plötzlich entdeckt meine Frau in meinem Rücken etwas ganz Absonderliches."

„Ein Paar graue Hosen?"

„Sehr richtig. Ein Paar graue, glänzende Beinkleider, die sich durch die offene Tür ins Zimmer bewegt haben . . ." — stockend spricht der Baron weiter . . . „— als wir beide dann — wahrscheinlich voller Entsetzen — hinsahen — rannten . . . oder besser schwebten sie wieder zum Zimmer hinaus . . ."

Sergeant Orville macht ein nachdenkliches Gesicht. „Merkwürdig", murmeln seine Lippen . . . „Merkwürdig . . . erst der Chauffeur und jetzt das . . . Sagen Sie, Herr Baron — kann es keine Einbildung gewesen sein?"

„Keinesfalls. Wir waren weder betrunken noch sonst in unserem Urteilsvermögen getrübt . . . Was meinten Sie mit ‚erst der Chauffeur'?"

„Oh, nichts weiter. Nur eine leichte Ähnlichkeit des Falles . . ."

Orville verspürt wenig Lust, dem Baron von dem Bericht des Taxichauffeurs zu erzählen. Und obgleich er sicher ist, daß sich weder der Baron noch die Baronin geirrt haben, fragt er ablenkend:

„Sie glauben nicht, daß sich einer Ihrer Gäste vielleicht nur einen Scherz erlaubt hat?"

Als er das Kopfschütteln des Barons sieht, setzt er noch hinzu: „Es könnte zum Beispiel jemand ein Paar Hosen an einem Draht spazierenlaufen lassen."

„Das ist blanker Unsinn. Entschuldigen Sie, wenn ich das so deutlich sage. Aber wären Sie in meiner Situation gewesen, würden Sie eine solche Vermutung ebenfalls strikt von sich weisen."

„Dann bleibt mir nichts weiter übrig, als Scotland Yard zu benachrichtigen."

Der Baron runzelt die Augenbrauen. „Man wird meiner Geschichte dort ebensowenig Glauben schenken, wie Sie selbst es tun, Sergeant."

„Aber Sir, das dürfen Sie nicht sagen ... Ich werde noch heute abend den Chauffeur vernehmen. Vielleicht ergeben sich irgendwelche Fakten."

Polizeisergeant Paul Orville kehrt zum Revier zurück.

In seinem Kopf geht es zu wie in einem Ameisenhaufen. Die Gedanken laufen kunterbunt durcheinander. Was soll er glauben — was nicht? Er hat noch nie gehört, daß es allein herumlaufende Hosenbeine gibt.

Bei diesem Punkt angelangt, verflucht er seinen Entschluß, Polizist geworden zu sein. Warum hat er nicht den Beruf eines Kellners ergriffen. Oder den eines Schornsteinfegers?

Auf jeden Fall wird er sich jetzt sofort noch einmal den Chauffeur vorknöpfen. Ausquetschen wird er ihn wie eine Zitrone ... natürlich im Rahmen des Gesetzlichen, versteht sich.

Lachhaft zu glauben, man könne ihm erzählen, es gäbe Hühner, die rechteckige Eier legen.

Zur gleichen Zeit, als Orville die Angaben des Chauffeurs zu Protokoll nimmt und ebenso ein Protokoll über seinen Besuch bei den Kandarskys anfertigt, trifft 32 Kilometer entfernt Perry Clifton wieder in seiner Wohnung in Norwood ein. Es ist inzwischen 22 Uhr 30 geworden. Perry ist mit sich im höchsten Grade unzufrieden.

Mürrisch reißt er sich die Sachen herunter und schlüpft in seinen Hausmantel. Er läßt sich in einen Sessel fallen und geht im Geiste noch einmal Punkt für Punkt seines abendlichen Abenteuers durch.

Warum haben die Baronin und später auch der Baron so entsetzt auf seine Beine gestarrt? Warum?

Er fischt den Würfel aus der Jackentasche und stellt sich vor den Spiegel — da, nichts zu sehen. Noch einmal dasselbe — wieder nichts. Nicht die kleinste Ecke seines Hausmantels ist zu sehen. Warum also die erschrockenen Blicke?

Er findet keine Antwort auf diese Frage.

Dagegen kehrt etwas anderes in sein Gedächtnis zurück. Teile einer Unterhaltung, die er aufgeschnappt hat, bevor sich das Unglück ereignete. Und je länger Perry über diesen Worten brütet, um so mehr formt sich in ihm ein gewisser Verdacht.

Wer ist zum Beispiel diese Kathrin, von der Baron Kandarsky behauptete, sie läge im Krankenhaus und sei völlig ahnungslos. Wer ist diese Frau? Und was ist das für eine Uhr, die sowieso nicht gehen soll?

Perry Clifton grübelt und grübelt. Er studiert seine bisherigen Aufzeichnungen und setzt diesen neue hinzu.

Es schlägt bereits 1 Uhr, als Perry endlich ins Bett schlüpft. Unentwegt dabei an die mysteriösen Worte denkend und nicht ahnend, daß es bereits zwei Polizeiakten mit dem Titel „Ein Herr in grauen Hosen" gibt.

Der nächste Tag ist ein Sonntag. Perry ist noch im Morgenrock und gerade beim Rasieren, als sein Freund Dicki auftaucht. Noch nach frischen Brötchen duftend und mit ordentlich gezogenem Scheitel.

„Guten Morgen, Mister Clifton . . ."

„Guten Morgen, Dicki!" brummt Perry mit verzerrtem Mund, denn er kratzt gerade am Hals herum.

Daß Dicki kein Freund von langen Vorreden ist, beweist er sofort.

„Hm . . . Mister Clifton — waren Sie gestern eigentlich bei dem Baron?"

„Ja, Dicki, war ich."

Dicki runzelt die Stirn. Wenn er sich nur nicht jedes Wort einzeln aus der Nase ziehen lassen würde, denkt er vorlaut.

„Als Unsichtbarer?"

„Ja, als Unsichtbarer . . . das heißt", setzt Perry zögernd hinzu, „so ganz bin ich mir darüber nicht im klaren."

„Das versteh' ich nicht."

Perry geht auf Dicki zu.

„Hör zu, Dicki. Irgendwas hat gestern mit meiner Unsichtbarkeit nicht gestimmt . . ." Und plötzlich kommt Clifton ein Gedanke. Wieder holt er den Würfel und baut sich vor Dicki auf.

„Ich werde jetzt den Würfel nehmen . . . so — jetzt . . . Siehst du was, Dicki?"

Dicki weicht erschauernd einen Schritt zurück.

„Nein, Mister Clifton — Sie sind weg!"

„Sieh auf meine Beine!"

„Ich sehe keine Beine. Ich sehe gar nichts!"

Perrys Stimme ist dringend. „Sieh' genau hin, Dicki. Siehst du wirklich nichts?"

„Nein, Mister Clifton, Ehrenwort."

Perry legt den Würfel auf den Tisch. Nachdenklich sagt er dann: „Dem guten genialen Lester Mac Dunnagan muß etwas entgangen sein . . . Und wenn es nur eine Kleinigkeit ist . . ."

Da Dicki mit Perrys Gerede nichts anzufangen weiß, geht er zur nächsten Frage über.

„Haben Sie etwas über die Diamanten erfahren?"

„Du erwartest eine ganze Menge von mir, Dicki . . . aber leider kann ich nicht hexen."

„Wo Sie doch jetzt den Zauberwürfel haben?!" kontert Dicki naseweis.

„So — und du glaubst, ich brauche das Ding nur in die Höhe zu heben und schon kommen die Diebe gerannt, hm?"

„Ganz so nicht . . ."

„Aber ähnlich, was? — Zuerst muß ich herausfinden, in welchem Zusammenhang eine gewisse Kathrin zu den Kandarskys steht."

„Von einer Kathrin haben Sie noch nie gesprochen", stellt Dicki verwundert fest.

„Konnte ich auch nicht. Von ihrer Existenz habe ich selbst erst gestern erfahren."

Ja, und da spricht Dicki ein großes Wort, und er ist erstaunt, welche Reaktion dieses Wort bei Perry auslöst.

„Fragen Sie doch mal den Chauffeur, der den Wagen des Barons beim Überfall gefahren hat."

Zuerst stutzt Perry. Dann aber geht ein breites Grinsen über sein Gesicht, und voller Begeisterung knallt er Dicki seine Rechte auf die Schulter.

„Du bist ein Teufelskerl, Dicki. Verdammt nochmal, auf diese Idee hätte ich ja eigentlich auch kommen müssen. Hier — fang auf. Dein Hinweis ist mir einen ganzen Shilling wert."

Flink fängt Dicki die Münze auf.

„Vielen Dank, Mister Clifton", strahlt er hocherfreut.

Perry ist plötzlich voller Eifer. Aufgeräumt ruft er Dicki zu:

„Hol die Zeitschriften aus der Ablage. Irgendwo muß der Name des Chauffeurs stehen."

Doch Dicki kichert nur verschmitzt und macht keine Bewegung.

„Ich glaube, ich habe noch einen Shilling verdient."

„Nanu — seit wann bist du so außerordentlich geschäftstüchtig? Und vor allen Dingen — warum hast du dir noch einen Shilling verdient?"

„Weil ich den Namen des Chauffeurs auswendig kenne.

Er heißt Frank Villa und wohnt im Haus des Barons",
verkündet Dicki triumphierend.

Perry spielt den Sorgenvollen und Zerknirschten.

„Dein Gedächtnis ist mir unheimlich. Wenn das so weiter geht, muß ich dich noch an meiner Belohnung beteiligen."

Dicki macht eine großzügige Geste und meint dazu leichthin:

„Die überlasse ich Ihnen. Ich bin schon zufrieden, wenn ich noch einen Shilling kassieren kann."

„Dicki, Dicki — was bist du doch für ein gerissener Halunke. Frei nach dem Sprichwort, der Spatz in der Hand ist besser als die Taube auf dem Dach."

„Mein Großvater sagt immer, ‚Fünf Shilling in meiner Tasche sind besser als ein Pfund in der Tasche eines anderen'."

„Dein Großvater scheint ein kluger Mann zu sein. Hier hast du noch einen Shilling für deine Tasche."

Die zwei Münzen scheinen Dickis Gedächtnis mächtig angekurbelt zu haben.

Während Perry mit der Kaffeekanne balanciert, Wasser aufsetzt und zwei altbackene Brötchen auf die heiße Herdplatte legt, sitzt Dicki fast bewegungslos auf seinem Stuhl. Nur die Zunge fährt wie ein aufgescheuchtes Huhn über die Lippen ... hin — her ...

„Mister Clifton — mir ist gerade eingefallen, was die Zeitungen über Mister Frank Villa geschrieben haben ..."

„Und was haben sie geschrieben?"

„Nichts!"

„Aber Dicki, jetzt hast du mich aber enttäuscht. Ich glaubte tatsächlich, du wüßtest mehr als ich."

Dicki macht ein gekränktes Gesicht.

„Sie haben nur geschrieben, daß sich Frank Villa an nichts mehr erinnern kann. Das heißt, nachdem er eins auf die Rübe ..."

„Dicki!!"

„Ich meine, nachdem er den Schlag auf den Kopf bekommen hat." Und aufgebracht setzt er hinzu: „Manchmal sind Sie wie Miß Carter. Die legt auch jedes Wort auf die Goldwaage."

„Na, Dicki — ehrlich: Manchmal wird Miß Carter ja auch recht haben — oder?"

Dicki beginnt sich aufgeregt mit einem Knopf an seiner Jacke zu beschäftigen. Das scheint eine fürchterlich spannende Sache zu sein, denn auf Perrys Frage kommt keine Antwort. Im Gegenteil: Da hilft man nun seinem besten Freund beim Nachdenken, und was kommt dabei heraus?

Plötzlich rümpft Dicki die Nase und zieht schnuppernd die Luft ein.

„Hier stinkt es, Mister Clifton!"

„Ach du liebe Güte", erinnert sich Perry, „das ist mein Frühstück." Mit zwei Sätzen verschwindet er in der winzigen Küche. Gleich darauf hört ihn Dicki schimpfen:

„So ein verflixter Käse ... Das sind keine Brötchen mehr, das ist die reinste Holzkohle."

Dicki kann sich eines schadenfrohen Grinsens nicht erwehren. Das ist die Rache für die „Miß Carter" von vorhin, stellt er befriedigt fest. Als ihm jedoch die zwei Schillinge einfallen, regt sich sein schlechtes Gewissen.

„Mutter hat bestimmt noch ein paar Brötchen übrig."

Aber Perry hat bereits anders beschlossen.

„Ich werde unterwegs frühstücken", eröffnet er Dicki.

„Und anschließend werde ich jemandem einen Besuch abstatten."

„Frank Villa?" fragt Dicki gespannt.

„Ja, Frank Villa. Dem Mann, der sich an nichts mehr erinnern kann."

Dicki nagt gedankenvoll an seiner Unterlippe.

„Kann ich mit?"

„Nein, Dicki, das ist tatsächlich nichts für dich. Aber ich

verspreche dir, daß ich dich bei der nächsten besten Gelegenheit zu einem Ausflug einlade. Sagen wir mal — wenn der Fall Kandarsky-Diamanten abgeschlossen ist. Einverstanden?"

Was bleibt Dicki weiter übrig, als „ja" zu sagen. Doch ist seine Stimme alles andere als begeistert. Und als Perry jetzt noch sagt, daß er gehen müsse, ist er sicher, daß es der langweiligste Sonntag seit Monaten wird. Wenn er wüßte, was ihm heute alles noch bevorsteht ...

Ein drittes Mal nach Kensington ...

Perry Clifton zieht sich betont sportlich an. Zu einem beigefarbenen Knickerbockeranzug setzt er eine karierte Sportmütze auf. Und bald erscheint er zum dritten Male in zwei Tagen im Stadtteil Kensington.

Er betritt einen Hauseingang, nimmt den Würfel fest in die Hand und verläßt das Haus wieder. Er stellt sich an den Rand des Gehsteiges und beobachtet haarscharf die Reaktion der Vorbeigehenden. Doch niemand schenkt ihm Beachtung, obgleich er sich zur Probe einigen Leuten direkt in den Weg stellt und erst im letzten Augenblick zur Seite ausweicht.

Erst als er überzeugt ist, daß er absolut unsichtbar ist, macht er sich beruhigt auf den Weg. Nach fünf Minuten scharfen Gehens erreicht er das Haus der Kandarskys. Unsichtbar überklettert er das Gitter.

Aus den Presseberichten, die er vorsichtshalber vor seinem Weggehen studiert hat, weiß er, daß Frank Villa mit seiner Frau Gwendolyn in zwei Räumen des Untergeschosses wohnt.

Immer noch unsichtbar umrundet er das Haus. Dabei

wirft er auch einen Blick auf den Schauplatz seines nächt-
lichen Abenteuers ... dann entdeckt er an der Westseite
ein paar Stufen, die zu einer Tür führen ... zwei mit Gardinen versehene Fenster ... ohne Zweifel, das müßte
Frank Villas Wohnung sein.

Perry steigt leise die wenigen Stufen hinab ... erst jetzt
läßt er den Würfel los.

Er klopft zweimal. Nicht zu laut und nicht zu leise.

Perry kann sich vorstellen, daß der Baron ihn hinaus-
werfen ließe, würde er ihn hier entdecken.

Schritte. Sie nähern sich rasch der Tür. Schnelle, kurze
Schritte. Die Tür öffnet sich. Eine junge Frau mit einem
sehr erstaunten Blick mustert Perry von oben bis unten.

„Wer sind Sie?"

„Nicht hier, Mistreß ... Ich nehme doch an, daß Sie
Mistreß Villa sind!?" Perrys Worte sind mehr eine Feststellung als eine Frage. Er spricht mit gedämpfter Stimme.

„Ja, ich bin Gwendolyn Villa. Aber was möchten Sie
denn?"

„Ich möchte gern mit Frank, Ihrem Mann, sprechen ...
darf ich eintreten?!" Bevor Gwendolyn Villa etwas ent-
gegnen kann, ist Perry schon an ihr vorbeigeschlüpft.

„Schön haben Sie es hier", schmeichelt er der verdutzten
Gwendolyn. Dabei findet er die Einrichtung entsetzlich
geschmacklos. Ein großer runder Tisch beherrscht das Zimmer. Er ist mit einer dunkelroten Plüschdecke belegt, was
dem Raum eine düstere Atmosphäre verleiht. Eine Kom-
mode mit weißen Spitzendeckchen und einem Radioappa-
rat darauf verdeckt die eine Ecke. In der anderen hängen
zwei Regale mit Vasen, Familienbildern und einer ver-
trockneten Topfpflanze. Außerdem entdeckt er noch eine
Gipsbüste von Shakespeare, die als Beschwerer von un-
zähligen Wettscheinen diverser Pferderennen dient.

„Ihren Namen haben Sie noch nicht genannt", stellt
Gwendolyn Villa sachlich fest.

„Ich komme vom Daily Mirror", umgeht Perry diplomatisch die Klippe und ist erstaunt, daß Gwen plötzlich einen Schreckensruf ausstößt.

„Von einer Zeitung kommen Sie?! Der Baron hat uns streng verboten, mit Zeitungsleuten zu reden."

In diesem Augenblick betritt Frank Villa durch eine Nebentür den Raum. Er muß die letzten Worte seiner Frau gehört haben. Mit einem mißtrauischen Blick auf Perry fragt er: „Wer spricht hier von Zeitungsleuten?"

„Frank, dieser Mister kommt vom Daily Mirror", klärt ihn seine Frau ängstlich auf.

„Ihre Frau war so freundlich, mich ins Haus zu bitten", sagt Perry höflich zu Frank gewandt.

„Er hat sich selbst gebeten. Bevor ich noch etwas sagen konnte, war er schon im Zimmer", stellt Mistreß Villa peinlich berührt fest.

Frank Villa läßt sich auf einen Stuhl fallen und knurrt Perry feindselig an:

„Ein Zeitungsschmierer also. Der Baron hat . . ."

„Ich weiß, Mister Villa. Der Baron hat Ihnen verboten, mit Leuten von der Zeitung zu sprechen", unterbricht ihn Perry ruhig.

„Stimmt. Außerdem habe ich alles der Polizei gesagt, was ich weiß. Sie kommen ja sicher nur wegen der Diamantengeschichte . . ."

Frank Villa hat sich erhoben und ist auf dem Wege zur Tür. Doch Perry hat vorgesorgt. Wie durch Zauberei hält er plötzlich eine Fünfpfundnote in der Hand und läßt sie auf den rotbedeckten Tisch segeln. Dazu flüstert er süßlich:

„Sicher hat Ihnen der Baron nicht verboten, fünf Pfund als kleine Aufmerksamkeit anzunehmen? — Oder?"

Villa hat für einen Augenblick gestutzt. Sekundenlang blitzt es in seinen Augen gierig auf. Und fast so schnell, wie sie zum Vorschein gekommen ist, verschwindet die Banknote. Diesmal in Franks Tasche.

Seufzend setzt er sich wieder hin.

„Ich kann mich nicht erinnern, daß der Baron ein solches Verbot ausgesprochen hat — oder du, Gwenny?"

Mistreß Villa schüttelt stumm den Kopf.

„Also, Mister — was wollen Sie wissen?"

Perry leiert eine Reihe von Fragen herunter. Fragen, deren Beantwortung ihn überhaupt nicht interessiert, da er darüber bereits genau informiert ist. Fast eine halbe Stunde plätschert so das Frage- und Antwortspiel hin und her. Doch dann stellt Perry ganz nebenbei eine Frage, die in überhaupt keinen Zusammenhang zu seinen bisherigen Fragen zu bringen ist — oder?

„Sagen Sie mal, Mister Villa — was ist eigentlich aus Kathrin geworden?"

Villa ist für einen Augenblick verblüfft. Dann fragt er ahnungslos:

„Aus Kathrin? Meinen Sie Kathrin Gillan?"

Perry läßt sich nicht anmerken, wie alles in ihm gespannt ist. Mit dem harmlosesten Gesicht bestätigt er:

„Ja, Kathrin Gillan, so hieß sie wohl."

„Sie liegt im Krankenhaus. Soviel ich weiß, hat sie sich den Blinddarm herausnehmen lassen müssen."

„Aha . . . in einem Londoner Krankenhaus?"

„Nein, im St. Anna-Stift in Hertford. Aber warum fragen Sie nach Kathrin?"

Perry weiß, daß er jetzt antworten muß, wenn er keinen Verdacht erregen will. Und er tut es leichthin . . . ebenso . . . wie man sich nach jemandem erkundigt . . .

„Ich sah sie früher oft hier im Haus . . . Bei meinem letzten Besuch ist mir aufgefallen, daß sie nirgends zu sehen war."

Frank überlegt einen Augenblick mit gerunzelten Augenbrauen. Dabei kratzt er sich nachdenklich an seinem unrasierten Kinn. „Kathrin war doch nie hier im Haus. Sie verwaltet doch die Jagdhütte in Hertford . . ."

Perry atmet schneller. Nur nichts anmerken lassen, geht es ihm durch den Sinn.

„Soso ... vielleicht habe ich mich geirrt ..." und jetzt hat er es plötzlich sehr eilig.

Zutraulich beugt er sich Villa zu. „Sie waren sehr freundlich, Frank. Wenn ich mal etwas für Sie tun kann — kommen Sie zum Daily Mirror."

„Ich werde mich daran erinnern, Mister", lächelt Frank geschmeichelt.

Als Perry schon an der Tür ist, wendet er sich noch einmal um. „Wetten Sie am nächsten Sonntag auf ,Fortuna' — sie wird das Rennen machen." Bevor Villa noch zu einer längeren Unterhaltung ansetzen kann, ist Perry um die Hausecke verschwunden. Im gleichen Augenblick hat er auch schon nach seinem Würfel gegriffen — unsichtbar kehrt er auf demselben Weg zurück, den er gekommen ist.

Perrys Laune ist hochgestimmt. Er hat einen ungeheuren Verdacht. Und je länger er in Gedanken diesem Verdacht nachgeht, um so sicherer wird er, daß etwas an seinen Überlegungen dran sein muß.

Vor sich hinsummend und hinpfeifend eilt er seiner Wohnung in Norwood zu.

Das Geheimnis der Jagdhütte

Zu Hause angekommen, wechselt Perry Clifton die Kleidung. Aus unerfindlichen Gründen zieht er wieder seine neuen grauen Hosen und das blaue Tweedjackett an.

Er lächelt still in sich hinein, als er Minuten später an der benachbarten Tür mit dem Namensschild „Miller" klingelt.

Mistreß Miller öffnet.

„Oh, Mister Clifton . . ." ruft sie überrascht aus, als sie Perry ansichtig wird.

„Mistreß Miller — darf ich Ihnen Dicki für heute nachmittag entführen. Ich möchte einen kleinen Ausflug nach Hertford machen . . . und ich habe es Dicki versprochen, daß ich ihn einmal mitnehme . . ."

Perry hat ein bißchen ein schlechtes Gewissen, als er Mistreß Millers überraschtes Gesicht sieht und sie sagt:

„Ich glaube, Sie verwöhnen Dicki, Mister Clifton."

„Wir sind nur gute Freunde, liebe Mistreß Miller . . . Also, wenn Sie es erlauben — er soll in einer Viertelstunde bei mir klopfen . . ."

„Er wird sich riesig freuen . . ."

Perry geht in seine Wohnung zurück. Er trifft noch einige Vorbereitungen für seinen „Ausflug" nach Hertford. Genaugenommen ist ihm nicht ganz wohl, wenn er an Dickis Mitkommen denkt. Doch dann tröstet er sich: Es dient ja einer guten Sache.

Sieben Minuten später steht Dicki mit strahlenden Augen vor ihm.

„Donnerwetter, Dicki, du siehst ja direkt vornehm aus", empfängt ihn Perry.

Über Dickis Miene huscht ein Schatten und geplagt seufzt er:

„Ich kann nichts dafür, daß sie mich in den Anzug gesteckt haben. Hätte lieber meine alten Klamotten angezogen . . ."

„Wer schön sein will, muß leiden", orakelt Perry.

„Ich will ja gar nicht schön sein", protestiert sein kleiner Freund und fragt verschmitzt:

„Ob ich mir nicht den Schlips und die Jacke ausziehe?"

„Du bleibst wie du bist. Schließlich ist heute Sonntag, und wir haben einen Ausflug vor."

„Nach Hertford, hat Mutter gesagt. Stimmt das?"

„Ja. Wir werden mit dem Zug fahren."

„Hurra", jubelt Dicki. „Ich fahre so gern Zug, Mister Clifton. Seit Paps das Auto hat, fahren wir überhaupt nicht mehr mit der Eisenbahn."

„Dann wollen wir gehen, Dicki."

Dicki genießt die Eisenbahnfahrt, als habe er jahrelang auf einer einsamen Insel gelebt. Nichts entgeht ihm — alles sieht er.

Perry überlegt indessen, wie er Dicki beibringen soll, was er vorhat. Plötzlich ist er diese Sorge los. Dicki fragt nämlich:

„Wollen wir wirklich nur in Hertford spazierengehen, Mister Clifton?"

Perry sieht sich noch einmal im Abteil um. Aber sie sind allein. Trotzdem senkt er die Stimme:

„Hör zu, Dicki. Ich glaube, daß ich einer dicken Sache auf der Spur bin."

„Hängt es mit den Diamanten zusammen?" will Dicki wissen.

„Ja. Und ich habe dich mitgenommen, damit alles ein wenig familiärer aussieht."

Dicki ist erstaunt.

„Aber Sie können sich doch un . . ."

„Pssst!" Perry hat den Finger auf den Mund gelegt. Man kann schließlich nie wissen.

„. . . unsichtbar machen", flüstert Dicki seinen Satz so leise zu Ende, daß ihn Perry kaum versteht.

„Du hast schon recht. Aber in diesem Fall hätte ich nur eine Hand frei und — wenn ich mich nicht irre, werde ich dringend beide Hände gebrauchen."

„Und was habe ich zu tun?" fragt Dicki aufgeregt.

„Du paßt auf, daß niemand kommt. Und wenn jemand kommt, hier . . ."

Perry hat bei diesen Worten in die Tasche gegriffen und

hält Dicki jetzt etwas hin, das wie eine kleine Pfeife aussieht.

„Was ist denn das? — sieht wie eine kleine Flöte aus."

„Wenn du hineinbläst, und mit dem Finger abwechselnd das Loch zuhältst, kommt ein weithin hörbares ‚Kuckuck' heraus. Das ist dann das Zeichen für mich."

„Fein", erklärt sich Dicki einverstanden, „und wo sind Sie?"

„Ich? — ich interessiere mich für eine Jagdhütte. Übrigens: Sie gehört dem Baron Kandarsky."

Obgleich Dicki keinen direkten Zusammenhang mit den verschwundenen Diamanten und der Jagdhütte finden kann, spürt er das Prickeln des kommenden Abenteuers. Außerdem ist er mächtig stolz. So stolz, daß es ihm minutenlang den Mund verschließt.

Er, Dicki Miller aus Norwood, ist bei der Aufklärung eines aufsehenerregenden Kriminalfalles dabei.

Er, Dicki Miller, hat einen Freund, der sich unsichtbar machen kann ... Unfaßbar! Nur schade, daß er all diese Sensationen für sich behalten muß.

In diesem Augenblick ziehen die Bremsen an. Ein Ruck geht durch den Zug.

„Wir sind da, Dicki, komm!"

Schon wenige Minuten nach ihrer Ankunft in Hertford wissen sie, in welcher Richtung die Jagdhütte zu suchen ist. Um jedes Aufsehen zu vermeiden, verzichtet Perry auf einen Mietwagen. Munter marschieren sie drauflos, und bald haben sie den Wald erreicht. Tiefe Stille umgibt sie. Nur das gelegentliche Geräusch der Waldtiere unterbricht die Ruhe.

Nach zwanzig Minuten zieht Perry seine Jacke aus und hängt sie sich über die Schultern.

Eine Dreiviertelstunde vergeht, bis sie an einem Baum

ein winziges Täfelchen entdecken: „Zur Jagdhütte Kandarsky — Privatweg."

„Endlich", stöhnt Dicki. „Eisenbahnfahren ist besser!"

„Ich werde dir nicht widersprechen, Dicki", brummt Perry und wischt sich den Schweiß von der Stirn.

Zirka hundertfünfzig Meter müssen sie gehen, bis sie hinter einer leichten Biegung des Weges das Haus entdecken.

„Hütte ist gut ..." staunt Dicki, „das ist ja ein richtiges Haus."

„Das haben Jagdhütten so an sich", erklärt Perry, „es scheint niemand da zu sein."

„Alle Fensterläden sind zu. Jetzt haben wir den weiten Weg umsonst gemacht."

„Scheint so, daß ich ein paar Fensterläden aufstoßen muß ... so, Dicki, jetzt kommt deine große Stunde. Du mußt mir sozusagen den Rücken freihalten. Hier — nimm die Kuckuckspfeife ..."

Dickis Augen sind ganz groß und seiner Stimme hört man das Erschrecken an:

„Aber Mister Clifton — Sie können doch nicht einfach in das Haus ... das ist doch Einbruch ..."

Perry streicht Dicki leise übers Haar.

„Du hast recht, Dicki ... ich muß es trotzdem tun."

Aber Dicki ist keineswegs beruhigt. Im Gegenteil:

„Ich würde es nicht tun, Mister Clifton ... wenn die Polizei käme ... oder ... oder ..." Dicki fällt kein stärkeres Argument ein und so sieht er Perry nur beschwörend an.

„Dicki — ich mache dir einen Vorschlag: Sollte sich mein Verdacht nicht als richtig erweisen, gehe ich morgen zu Baron Kandarsky und beichte ihm, daß ich in seine Jagdhütte eingebrochen bin. Ist das ein Vorschlag?"

Es dauert eine ganze Weile, bis Dicki zustimmend nickt. Dabei ist ihm tatsächlich nicht wohl in seiner Haut ...

„Also dann — und denk an den Kuckucksruf wenn jemand kommt. Bis nachher . . .“

Dicki hockt sich an einen Baumstamm, während seine Augen Perry Clifton verfolgen. Um ihn sind nur noch die Geräusche des Waldes.

Es dauert Minuten, dann sieht Dicki, wie Perry zwei Fensterläden aufstößt. Das Quietschen muß meilenweit zu hören sein, denkt er und blickt sich unwillkürlich ängstlich um.

Dicki sieht, wie ihm Perry aufmunternd zuwinkt . . . dann ist er wieder sich selbst überlassen . . .

Perry dagegen durchstöbert ohne Rücksicht auf Spuren das Haus, das unten aus vier großen Räumen und einer Küche und oben aus zwei Kammern und einem Badezimmer besteht. Alles ist peinlich genau aufgeräumt, und nur der fingerdicke Staub auf den Möbeln zeigt an, daß das Haus seit längerer Zeit nicht bewohnt wird.

Die Dielen knistern und knacken und manchmal fährt Perry erschrocken zusammen . . . Während er unterm Dach beginnt, hört er noch einmal des Barons Worte . . .

„. . . und vergiß nicht, daß die Uhr sowieso nicht geht . . .“

Ja, die Uhr. Schon die erste Uhr, die Perry in die Hände fällt, geht nicht. Es ist ein kleiner blauweißer Wecker. Als ihn Perry aufzieht, tickt er brav und zuverlässig . . .

Nach zehn Minuten hat Perry die oberen Räume systematisch von unten nach oben gedreht. Aber außer dem Wecker entdeckt er keine weitere Uhr . . .

„. . . Und vergiß nicht, daß die Uhr sowieso nicht geht . . .“ Oder hatte der Baron „nie“ gesagt?

Er sucht weiter.

Diesmal im Erdgeschoß. Im ersten Zimmer, einem Rauchsalon, gibt es drei Uhren. Perry zieht sie der Reihe nach auf. Eine Kaminuhr, eine kleine venezianische Tischuhr und eine Pendeluhr an der Wand . . . und alle ticken sie wieder . . . alle drei . . . Das nächste Zimmer.

Perry wird von einer seltsamen Unruhe ergriffen. Sein Hals ist ausgetrocknet, und bevor er im zweiten Zimmer beginnt, trinkt er in der Küche einen Schluck Wasser. Es ist lauwarm und es schmeckt nach Eisen . . .

Da, er zuckt erschrocken zusammen . . . eine Uhr beginnt zu schlagen . . . einmal — zweimal . . . Wieso nur zweimal, überlegt Perry krampfhaft, es muß mindestens vier Uhr sein . . . er blickt auf seine Armbanduhr — sieben vor vier . . . Da fällt ihm ein, daß er die Uhren zwar aufgezogen, jedoch nicht gestellt hat. Erleichtert atmet er auf.

Im zweiten Zimmer findet er nicht eine einzige Uhr . . . aber damit gibt er sich nicht zufrieden. Es kann ja auch so ein Ding versteckt sein. Behutsam tastet er in Schränken und Behältern nach einem verdächtigen Zeichen . . . Nicht den kleinsten Winkel läßt er außer acht . . . Er hebt jeden Deckel, jedes Brett und jede Zeitung hoch . . .

Dicki ist die Zeit lang geworden. Er hockt längst nicht mehr an seinem Baumstamm.

Ihm ist die ganze Angelegenheit mit einem Male recht unheimlich geworden. Bei jedem Knacken, bei jedem Rascheln fährt er erschrocken zusammen . . . Immer wieder sieht er in Richtung des Hauses . . . von Perry keine Spur.

Einmal war er nah daran, einfach ins Haus zu gehen und zu sagen: Hier bin ich — ich habe ein wenig Angst. Aber würde ihn Perry nicht auslachen und einen Feigling schimpfen? Er, Dicki Miller, ein Feigling? Dem konnte er sich unmöglich aussetzen. Überhaupt, Perry . . . Wie oft schon hatte ihm Perry Vorträge über Recht und Unrecht gehalten. Hatte ihm erklärt, warum selbst ein einziger gefundener Penny nur geliehen sei. Geliehen sozusagen beim Verlierer. Er hatte ihn gelehrt, daß die gute Tat viel schwerer wiege, wenn sie persönliche Opfer verlange. Und jetzt? Jetzt dringt er so einfach in ein fremdes Haus ein?

Vor lauter Nachdenken hat Dicki ganz die ihm zugedachte Aufgabe vergessen.

Doch nun hört er es. Siedendheiß überkommt es ihn.

War es zuerst nur ein entferntes undeutliches Summen, so ist es jetzt ein dumpfes, gleichmäßig stärker werdendes Brummen ...

Es muß ein Auto sein.

Dicki schluckt heftig.

Zögernd hebt er die Kuckuckspfeife ... setzt sie an die Lippen — und läßt die Hand wieder sinken. Vielleicht fährt das Auto auf dem Waldweg weiter, überlegt er. Doch warum sollte es? Schließlich ist ein Waldweg keine Autostraße ...

Das Motorengeräusch kommt näher ... Dicki starrt den schmalen Waldweg entlang.

Da, das Geräusch ist weg ... Stille. ... Das Auto muß angehalten haben. Sie werden bemerkt haben, daß sie sich verfahren haben. Sie werden wenden, versucht sich Dicki zu beruhigen.

Fast scheint es, als solle er recht behalten. Dicki hört den Motor anspringen. Immer leiser wird das Motorengeräusch ... Der Wagen hat tatsächlich gewendet.

Dickis Hände sind von der eben ausgestandenen Aufregung und Angst schweißnaß. Er spürt, wie ihn etwas piekt ... und er erschrickt aufs neue — er hat das Pfeifchen zerbrochen. Was wird Perry sagen, wenn er es sieht ...?

Doch die Aufregungen reißen nicht ab.

Als Dickis Blick jetzt zufällig den Waldweg streift, befällt ihn lähmendes Entsetzen.

Unaufhaltsam nähert sich ihm eine Gestalt.

Es ist eine Frau mit einem Koffer. Sie muß mit dem Auto gekommen sein ... Lang und schwerfällig sind ihre Schritte, während ihre Augen konstant in Dickis Richtung sehen.

Dicki wagt es nicht, sich zu rühren. Wie angewachsen verharrt er auf dem gleichen Fleck und nur einmal wirft er einen ängstlichen Blick zum Haus hinüber.

Die Frau mit dem Koffer erscheint ihm riesengroß. Ihre Miene ist finster, und ihre Stimme ist von einer seltsamen kratzigen Rauheit.Ihre grauen Haare sind hinten zu einem strengen Knoten zusammengefaßt, über dem ein flaches, schwarzes Hütchen mit den Produkten einer ganzen Gärtnerei thront. Die Gestalt wird von einem glänzenden Mantel eingehüllt, der fast bis an die Knöchel reicht.

„Was suchst du hier?" In Dickis Ohren klingen diese Worte wie eine einzige furchtbare Drohung.

„Ich ... ich ... oh ... ich warte auf meine Klasse, Madam!" Eine bessere Ausrede ist ihm nicht eingefallen.

„Ich bin keine Madam, ich bin Miß Kathrin, verstanden?" bellt Kathrin Gillan zurück; stellt ihren Koffer auf den Boden und stützt ihre Arme kampflustig in die Seiten.

Dicki sieht sein letztes Stündchen gekommen, als Kathrin auf ihn zutritt und mit einem schmerzhaften Griff nach seinem Ohr schnappt.

„Du wartest auf deine Klasse? Seit wann gehen Klassen sonntags in den Wald?"

„Wir ... wir sind eine besondere Klasse, Miß Kathrin."
Dicki ist froh, daß ihm diese Erklärung eingefallen ist.

Miß Kathrin läßt sein Ohr los. Sie versucht ein Lächeln ... „Meinetwegen — die Zeiten haben sich geändert. Zu meiner Zeit ging man sonntags in die Kirche."

„Ja, Miß Kathrin."

Doch Kathrins Interesse an Dicki ist schlagartig erloschen. Mit gerunzelten Augenbrauen fixiert sie plötzlich das Haus.

„Nanu, ich hatte doch alle Fensterläden geschlossen . . ."
murmelt sie vor sich hin . . . „sollte die Herrschaft da
sein?"

Ohne Dicki noch eines Blickes zu würdigen, hebt sie
ihren Koffer auf und geht auf das Haus zu. Das letzte,
was Dicki von ihr hört, sind die halb beleidigt, halb zornig gebrummten Worte:

„Kann man sich denn nicht einmal in Ruhe den Blinddarm herausnehmen lassen . . .?" . . .

Während Dicki Kathrin Gillan schreckensbleich nachsieht,
kniet Perry Clifton triumphierend vor der Standuhr im
Salon. Es ist ein selten schönes Stück aus der Mitte des
vergangenen Jahrhunderts. Das Gehäuse weist handgeschnitzte Ornamente auf, und das Zifferblatt stellt die
zwölf Sternbilder dar. Alle zwölf in wunderschöner Intar-
sienarbeit. Aber — der Perpendikel bewegt sich nicht.

Perry hat die Standuhr schon gründlich untersucht, jedoch nichts gefunden. Verzweiflung, Resignation und die
Gewißheit, einem Hirngespinst nachgelaufen zu sein, hatten ihn überfallen. Die Standuhr war die letzte Uhr im
Haus und demzufolge auch Perrys letzte Hoffnung.

Und dann im Abwenden fiel es ihm auf . . . die Uhr
besaß ungewöhnlich große Gewichte. Ein Verdacht durch-
blitzte ihn und fast ein wenig widerwillig öffnete er den
Uhrenkasten noch einmal, nahm eines der Gewichte in
die Hand und betrachtete es nachdenklich.

Und dann machte er die entscheidende Entdeckung . . .
die Gewichte waren aufschraubbar.

In diesem Augenblick sitzt Perry vor der Uhr. Seine
Augen glänzen und mit zittrigen Fingern öffnet er den
Verschluß des zweiten Gewichts. Perry hat seine Umge-
bung vergessen. Fasziniert betrachtet er die gleißende
Pracht. Sein Herz schlägt in einem wilden Rhythmus bis

zum Hals. Am liebsten würde er seinen Jubel hinaus-
schreien ...

Da zuckt Perry zusammen — war das nicht ein Ruf?

Das unheimliche Gefühl, wie vorhin schon einmal, überfällt ihn wieder. Wird Zeit, daß ich hier verschwinde,
überlegt er und versucht seine strapazierten Nerven durch
tiefes Luftholen zu besänftigen. Doch es ist zu spät. Ähnlich der Stimme des Jüngsten Gerichts hört er es in seinem
Rücken:

„Keine Bewegung, Mister! Wer sind Sie? Und was machen Sie da an der Uhr?"

Perry fühlt tausend prickelnde Schauer über seinen
Rücken laufen. Für Bruchteile überkommt ihn die Erinnerung an Dicki. Warum hat er nicht gepfiffen?

Hat er sich vielleicht gar aus dem Staub gemacht?

Hatte er Dicki zuviel zugemutet? Drei Fragen — ohne
Antworten. Seine Erstarrung währt genau fünfzehn Sekunden. Steif verharrt er in der gleichen Stellung — er
holt tief Luft, dann gleitet seine Hand vorsichtig in die
Tasche, während er sich aufrichtet ...

Da kläfft es heiser hinter ihm:

„Ich habe gesagt, Sie sollen keine Bewegung machen,
Mister ... Nehmen Sie die Hand aus der Tasche ... Hören Sie, Mister, Sie sollen die Hand ...

Perry hat sich jetzt vollends aufgerichtet. Als er sich
umwendet, stößt Kathrin Gillan einen gellenden Schrei
aus und Perry muß einen gewaltigen Satz machen, damit
er sie noch auffangen kann.

Vorsichtig bettet er die Ohnmächtige auf die Bank neben
dem Kamin. Vom Obergeschoß holt er eine Wolldecke und
breitet sie behutsam über Kathrin aus. Mit flinken Händen bringt er dann die Uhr in ihren alten Zustand zurück
— ein letzter, um Entschuldigung bittender Blick zu Kathrin — und Perry verläßt ohne Hast das Kandarskysche
Jagdhaus.

Von Dicki Miller ist nichts zu sehen, als er ins Freie tritt. Also doch aus dem Staub gemacht, denkt Perry und setzt sich in Marsch.

Nach zehn Metern fährt er erschrocken zusammen.

Dicki ist hinter einem Baum hervorgetreten.

Seine Augen blicken angstvoll auf seinen großen Freund Perry ... „Was haben Sie mit Miß Kathrin gemacht, Mister Clifton?"

Als Perry Dickis furchtsamen Blick sieht, lächelt er. Er hat ihren Schrei gehört und glaubt, daß ich ihr etwas getan habe, denkt er und versucht Dicki zu beruhigen.

„Sie kam, sah mich und fiel in Ohnmacht, Dicki. Ich habe ihr ein Lager auf der Ofenbank gemacht. Was hast du denn gedacht?"

Dicki sieht an Perry vorbei. Soll er ihm glauben? Doch plötzlich weiß er, daß Perry die Wahrheit sagt. Perry würde niemals einem Menschen etwas zuleide tun.

„Ich war so durcheinander, Mister Clifton", antwortete er ein wenig zerknirscht.

Und da ist schon die Frage, die Dicki insgeheim befürchtet hat:

„Warum hast du die Kuckuckspfeife nicht gebraucht, Dicki. Du hättest Miß Kathrin die Ohnmacht ersparen können."

„Ich habe sie vor Aufregung zerbrochen", gesteht er leise und ist froh, daß Perry der Sache weiter keine Bedeutung beimißt. Überhaupt macht er einen so zufriedenen Eindruck. Ob er gefunden hat, was er suchte?

„Haben Sie etwas gefunden, Mister Clifton?"

„Ja, Dicki, ich habe etwas gefunden. Unser Ausflug nach Hertford hat sich gelohnt."

Sie gehen nebeneinander her. Wie zwei Spaziergänger ohne bestimmtes Ziel. Bald liegt die Jagdhütte, die mehr ein Haus ist, weit hiner ihnen. Und Dicki erinnert sich einer Äußerung, die Perry gemacht hatte.

„Brauchen Sie sich jetzt nicht beim Baron Kandarsky zu entschuldigen?"

„Nein, das brauche ich weiß Gott nicht. Doch ab sofort wollen wir nicht mehr von der Sache sprechen. Wenn wir zu Hause sind, werde ich dir etwas zeigen."

Still gehen sie weiter. Perry Clifton, glücklich und zufrieden; Dicki Miller, nachdenklich, weil er nicht weiß, was ihm Perry zu Hause zeigen will.

Um achtzehn Uhr und vier Minuten verläßt der planmäßige Zug die Station Hertford in Richtung London.

Zur gleichen Minute schrillt das Telefon Nummer 223941 im Londoner Stadtteil Kensington.

„Hier Kandarsky", meldet sich der Baron mit ungnädiger Stimme. Er hat gerade Patience gelegt und haßt es, wenn man ihn bei dieser Beschäftigung stört.

„Hallo, Sir", tönt es ihm aus der Muschel aufgeregt entgegen, „hier spricht Kathrin . . ."

„Nanu, Kathrin", wundert sich der Baron, „schon aus dem Krankenhaus entlassen?"

„Heute, Sir — auf eigenen Wunsch. Habe es nicht mehr ausgehalten . . . aber es ist etwas Furchtbares geschehen . . ."

Kandarsky kann sich eines unheimlichen Gefühls nicht erwehren. Es ist das Gefühl drohenden Unheils.

„Was ist denn Furchtbares geschehen?" fragt er ahnungsvoll.

Aus Kathrin sprudelt es heraus.

„Ich bin vom Krankenhaus sofort zum Jagdhaus gefahren. Im Salon habe ich vor der Standuhr einen Mann überrascht."

Die Stimme des Barons ist nur noch ein heiseres Flüstern:

„Vor der Standuhr? . . . ein Einbrecher? . . ."

„Ja, Sir — ich bin bestimmt kein Hasenfuß, was ich aber dann erlebt habe . . . Sir, ich bin in Ohnmacht gefallen."

„Wieso? Was war denn los?" fragt der Baron mit erstickter Stimme.

„Der Fremde hantierte mit den Uhrgewichten herum. Ich sagte zu ihm, er solle sich nicht bewegen . . . daraufhin steckte er die Hand in die Tasche, und dann . . . dann . . ."

„Was dann, Kathrin?"

„Dann war er plötzlich verschwunden . . . das heißt, nicht ganz . . . ein Paar graue Hosen waren noch da . . . Und dann bin ich in Ohnmacht gefallen . . ."

Auf der Stirn des Barons haben sich dicke Schweißperlen gebildet. Die Knöchel der Hand, die den Hörer halten, haben eine weiße Farbe angenommen, während die Rechte mit fahrigen Bewegungen die Krawatte lockert.

„Und die Uhrgewichte, Kathrin?"

Es ist fast ein Schrei . . . Doch wozu frage ich, durchfährt es ihn. Es gibt nur eine Antwort.

„Die lagen auf der Erde — aufgeschraubt", antwortet Kathrin, und mit einem Vorwurf in der Stimme setzt sie hinzu: „Ich wußte gar nicht, daß die Gewichte zum Aufschrauben waren . . ."

„Waren sie leer . . .?"

„Ich weiß es nicht, Sir . . . vielleicht . . . vielleicht auch nicht . . . aber die grauen Hosen . . . soll ich die Polizei anrufen? Hallo, Sir — ich sterbe ja vor Angst hier draußen . . . wenn er wiederkommt . . . was soll ich tun . . . Sir, soll ich die Polizei rufen . . . Sir, ich habe Angst . . . hören Sie mich nicht . . .?"

Nein, Baron Kandarsky hörte nicht mehr. Er hat den Hörer aufgelegt. „Ich habe auch Angst", murmeln seine Lippen, während er sich den Schweiß von der Stirn wischt . . . Man hat die Gewichte aufgeschraubt . . . Für Augenblicke hält er das alles für ein abgekartetes Spiel . . . wenn nun Kathrin selbst? Unsinn — woher sollte sie sonst

von dem Mann in den grauen Beinkleidern wissen ...
Man ist ihm also auf der Spur ... Aber wer? Wer ist es?
Wer ist der Mann in den grauen Hosen?

Wenige Minuten nach zwanzig Uhr treffen Dicki und
Perry wieder in Norwood ein.

Nachdem sich Dicki aufatmend in einen Sessel hat
plumpsen lassen, seufzt er beziehungsvoll:

„Ehrlich, Mister Clifton, ich bin froh, daß wir wieder
da sind."

Perry lächelt verstehend, gibt Dicki einen freundschaft-
lichen Nasenstüber und erwidert in Dickis Tonfall:

„Ehrlich, Dicki, ich auch!"

Dicki sieht mißtrauisch zu Perry hoch. Er rümpft beleidigt seine Stupsnase, weil er annimmt, daß Perry ihn nur
foppen will. Aber wie war das — wollte ihm Perry nicht
etwas zeigen?

Perry hat es sich bequem gemacht und blickt versonnen
vor sich hin. Doch Dicki hat wenig für diese Art innerer
Beschauung übrig.

„Mister Clifton — Sie wollten mir doch etwas zeigen!"
erinnert er Perry in vorwurfsvollem Ton an dessen An-
deutung.

Perry nickt stumm und greift in die Tasche.

„Da", sagt er und legt etwas auf den Tisch. „Ich fand
es in zwei Gewichten einer alten Standuhr!"

Dickis Augen weiten sich vor Erstaunen, und wie ein
auf Land gesetzter Karpfen schnappt er nach Luft.

„In einer Standuhr?"

„Ja, in einer Standuhr!" Perrys Stimme hört sich sehr
sachlich an und doch schwingt unverkennbar ein gewisser
Stolz mit.

Dicki ist tief beeindruckt. „Sind das ... oh, Mister Clifton ... das sind die Kandarsky-Diamanten?!"

„Das sind sie, Dicki. Ich glaube, daß sich Sir Stanford sehr freuen wird."

„Das ist der Direktor der Versicherung, nicht wahr?"

Perry läßt die Steine gedankenvoll durch die Finger gleiten.

„Ja. Jetzt braucht er die 70 000 Pfund Sterling nicht auszuzahlen."

„Dann sind die Steine also in Wirklichkeit gar nicht gestohlen worden?"

„Nein. Alles war nur vorgetäuscht, um in den Besitz der Versicherungssumme zu kommen."

Dicki nickt andächtig und mit einer Menge Schadenfreude in der Stimme stellt er fest:

„Dann kommt der Baron also ins Gefängnis."

„Das ist sehr wahrscheinlich. Vielleicht dauert es noch eine Zeit — aber erwischen wird es ihn auf alle Fälle."

Das versteht Dicki nun wieder nicht. Überlegend runzelt er die Stirn.

„Aber wenn doch feststeht, daß die Diamanten bei ihm versteckt waren?"

„Er wird behaupten, daß ihm ein anderer die Steine ins Haus geschmuggelt hat . . . irgendwas wird ihm schon einfallen."

„Vielleicht hat er sich schon lange aus dem Staub gemacht. Sicher hat ihn diese Miß Kathrin längst angerufen."

„Sicher hat sie das. Und wenn der Baron ein kluger Mann ist, erstattet er Anzeige gegen mich!"

Dicki schaut Perry erschrocken an. Doch Perry klopft ihm beruhigend auf die Schulter. „Nun erschrick nicht schon wieder. Er kann ja nur Anzeige gegen Unbekannt erstatten, da Kathrin mein Gesicht nicht gesehen hat."

„Werden Sie mir dann morgen erzählen, was man in der Versicherung gesagt hat?"

„Gemacht. Haarklein werde ich dir berichten. Schließ-

lich sind wir ja Verbündete. — Und jetzt solltest du hin-
übergehen. Sonst glaubt deine Mutter noch, ich will aus dir
einen Nachtschwärmer machen."

„Bis morgen, Mister Clifton, und recht schönen Dank
für die Fahrt!"

„Nichts zu danken, Dicki. Bis morgen . . ."

Die Sensation von London

Montag früh. Perry Clifton ist ausgesprochen guter Dinge.
Er pfeift und singt und trinkt statt der üblichen zwei —
sogar vier Tassen Tee zum Frühstück. Eigentlich wollte er
sich ja Kaffee leisten, aber der ist ausgegangen.

Um acht Uhr und zehn Minuten verläßt ein Herr mit
grauen Hosen, einem blauen Tweedjackett und einem hellen Sommerhut das Haus Starplace Nr. 14. Unter dem
Arm trägt er eine Kollegtasche, in der wohlverwahrt, in
Seidenpapier eingewickelt, Diamanten im Werte von
70 000 Pfund Sterling liegen.

Perry Clifton, denn um diesen handelt es sich, nimmt
die U-Bahn bis Trafalgar-Square, steigt dort in einen
Doppelstockomnibus und löst einen Fahrschein bis Mapples-Street.

Die Mapples-Street ist eine sehr breite Straße, an deren
Seiten sich nach Pariser Vorbild Boulevard-Cafés und Re-
staurants niedergelassen haben.

Bunte Metallstühle und Tische laden zum gemütlichen
Sitzen im Freien ein, obgleich der Verkehr in der Mapples-
Street alles andere als ruhig zu nennen ist.

Perry schlendert an einigen Cafés vorbei. Von hier sind
es noch ungefähr zehn Minuten bis zur Silver-General-
Versicherung.

Perry sieht auf seine Uhr: 9 Uhr 13. Eigentlich ein wenig früh für Sir Stanford, denkt er und tut etwas, das er sonst eigentlich strikt ablehnt ... er setzt sich auf einen dieser bunten Metallstühle eines Straßencafés.

Mit der Geste eines berufslosen Zeitverschwenders ruft er den Kellner heran.

„Was darf es sein, Sir?"

Und Perry bestellt sich mit der Miene eines Mannes, der es gewohnt ist, jeden Morgen auf diese Art zu beginnen, einen Whisky.

„Mit oder ohne Eis, Sir?" will der weißbejackte Kellner wissen.

„Ein wenig Eis darf dabei sein", antwortet Perry lässig. Und während der Kellner davoneilt, betrachtet Perry interessiert den vorbeiflutenden Verkehr. Wie schön, denkt er, nicht ins Büro zu müssen. Warum kann er nicht jeden Tag hier sitzen und zusehen, wie die anderen zur Arbeit hasten?

Aber würde mir das wirklich gefallen? fragt er sich, um gleich darauf den Kopf zu schütteln. Nein, er würde wahrscheinlich vor Langeweile einem Herzinfarkt erliegen. Oder er würde trübsinnig und finge an zu häkeln wie Jimmy Spanner in der Baker-Street.

„Ihr Whisky, Sir", weckt ihn der Kellner aus seinen tiefgründigen Betrachtungen.

Und während Perry genießerisch an seinem Whisky nippt, beginnt sich einige Straßenzüge weiter etwas anzubahnen, was man als Verhängnis bezeichnen könnte, und von dem London wohl noch lange Zeit sprechen wird.

Eine Dame mit vielen Päckchen, Tüten und Schachteln steuert zielbewußt auf das einzige Taxi am Lancaster-Square zu. Mißbilligend betrachtet sie den Chauffeur hinter dem Steuer, der eingeschlafen zu sein scheint. Und das am hellen Vormittag, wo jeder ordentliche Mensch den Tag mit frohgemuter Wachheit beginnen soll.

„Sind Sie frei?" pustet sie dem Chauffeur ins Ohr. Komisch, scheint doch nicht geschlafen zu haben, denkt sie, als der Chauffeur sofort aussteigt und ihr den Schlag öffnet. Sie kann ja nicht wissen, daß der Chauffeur in letzter Zeit öfter so vor sich hingrübelt. Und immer mit geschlossenen Augen.

„Wohin darf ich Sie bringen, Madam?" Seine Stimme ist weder verschlafen noch unfreundlich.

„Ich möchte zu Cokny & Snyder in der Mapples-Street", verkündet sie befriedigt.

Mit unbewegter Miene lenkt der Chauffeur sein Fahrzeug durch den Verkehr. Genau vierzehn Minuten braucht der Wagen bis zur Mapples-Street.

Es ist Perrys großes Pech, daß sein Café unmittelbar vor einer Verkehrsampel liegt. Und noch größeres Pech ist es, daß diese Ampel ausgerechnet in einem Augenblick auf „Stop" geschaltet wird, als sich unter den bremsenden Autos auch eine Taxe mit einer älteren Dame befindet, die von vielen Schachteln, Tüten und Päckchen umgeben ist.

„Warum stehen wir denn schon wieder?" fragt die Dame ungeduldig.

„Eine Ampel, Madam", gibt der Chauffeur freundlich Auskunft. Und als sei er der Dame noch eine Erklärung schuldig, setzt er hinzu: „Wir scheinen tatsächlich vom Pech verfolgt zu sein. Jede Ampel schaltet auf ‚Stop', wenn wir herankommen."

„Wozu nimmt man sich ein Auto. Zu Fuß wäre ich längst da ... eine Stunde sind wir schon unterwegs." Die Lady ist mürrisch, ungeduldig und ungerecht. Doch mit unbewegtem Gesicht berichtigt der Fahrer:

„Genau vierzehn Minuten sind wir unterwegs, Madam ..."

Und das ist der Moment, in dem die Blicke des Chauffeurs auf einen Mann treffen. Auf einen Mann, der mit halbgeschlossenen Augen an einem Whiskyglas nippt. Die Erinnerung durchfährt den Chauffeur mit tausend glühenden Pfeilen. Die schlimmsten Stunden seines Lebens werden in ihm lebendig ... die harte Pritsche in der Arrestzelle. Noch jetzt muß er sich schütteln, wenn er daran denkt ... Es kann kein Irrtum sein. Sein Gedächtnis ist gut und hat ihn noch nie im Stich gelassen.

Hinter ihm setzt ein wüstes Hupkonzert ein. Und die Lady im Fond schimpft ... er kann sich von der Gestalt auf dem blauweiß gestreiften Metallstuhl nicht losreißen...

„Nun fahren Sie doch, es ist doch frei ...“

Die Lady stubst ihn mit dem Schirm an. Im gleichen Atemzug schimpft sie: „Mann, was sind Sie für ein Mensch. Erst fahren sie nicht und dann werfen Sie einen in die Polster, daß einem Hören und Sehen vergeht...“

Mit einem Satz hatte der Chauffeur tatsächlich den Wagen von der Ampel weggebracht. Aber schon nach fünfzig Metern stoppt er sein Taxi ab. Seine Stimme keucht vor Aufregung, als er sich an seinen Fahrgast wendet:

„Hören Sie, Mylady, von hier bis Cokny & Snyder sind es nur noch wenige Minuten zu gehen. Ich schenke Ihnen den Fahrpreis ...“, und als er den fassungslosen Blick der Dame sieht, fügt er erläuternd hinzu: „Ich habe etwas Dringendes zu erledigen!“

Während sich die Frau gekränkt und verständnislos mit allerlei Verwünschungen auf den Lippen aus dem Wagen quält, eilt der Chauffeur den Weg zurück. Hinter einer Anzeigentafel für Salatöl und Zigaretten verborgen, betrachtet er Perry Clifton.

Nein, er hat sich nicht getäuscht. Und fast erscheint es ihm wie ein Wunder, inmitten der Acht-Millionen-Stadt den Mann in den grauen Hosen getroffen zu haben. Denselben Mann, der von unverständlichen Dingen wie grünem Glatteis und rechteckigen Eiern gesprochen hatte. Den gleichen Mann, den auch Sergeant Paul Orville vom 18. Polizeirevier zu sprechen wünscht.

Der Chauffeur handelt. In weniger als vier Minuten gelingt es ihm, zwei Polizisten für die Sache zu interessieren. Und nach einem Telefongespräch mit dem 18. Polizeirevier steigert sich das Interesse der Polizisten zum Tatendrang.

Perry ist gerade dabei, den Rest seines zweiten Whiskys hinunterzukippen, als seine Augen die gegenüberliegende Straßenseite ins Blickfeld bekommen. Im gleichen Augenblick aber weist der Chauffeur in seine Richtung; er tut es mit ausgestrecktem Arm. In Bruchteilen von Sekunden hat es bei Perry geklingelt!

Blitzschnell und abgezirkelt sind seine nächsten Bewegungen. Das Glas auf den Tisch setzen, ein paar Schillinge dazulegen, die Kollegtasche unter den Arm klemmen ist fast eins. Mit weitausholenden Schritten eilt er dann die Mapples-Street in Richtung Cook-Bridge hinunter..

Nach fünfzig Schritten wendet er sich um und zuckt irritiert zusammen. Der Wagenlenker und die beiden Bobbys haben inzwischen beträchtlich aufgeholt. Noch scheinen sie zu versuchen, unnötiges Aufsehen zu vermeiden.

Perry fällt in einen leichten Trab. Er blinzelt grimmig, als er wenig später das Trillern der Polizeipfeife hört.

Auch die Polizisten laufen jetzt ... schon beginnen sich die ersten Straßenpassanten für die Sache zu interessieren, wenn auch niemand von ihnen weiß, um was es sich handelt.

Perry überlegt, ob er sich einfach den Polizisten stellen soll. Aber da fallen ihm die Diamanten in der Kollegtasche ein. Niemand würde ihm glauben, daß er sie gerade zur Versicherung bringen wollte ... Man würde ihm der Einfachheit halber die ganze üble Geschichte in die Schuhe schieben ... Bei diesen Überlegungen angekommen, verschärft er noch einmal das Tempo — aber die Polizisten halten mit.

Und wieder pfeift es.

Jetzt sieht Perry auch von vorn zwei Bobbys gelaufen kommen. Gummiknüppelschwingend versuchen sie ihm den Weg abzuschneiden. Auch die ersten Straßenpassanten beteiligen sich nun an der Hetze.

Perry keucht bereits. Sein Hemd klebt ihm am Körper, und in der Seite spürt er ein schmerzhaftes Stechen. Man sollte mehr Sport treiben, fällt es ihm etwas spät ein.

Er biegt nach links in die schmale verwinkelte Sassy-Street ein. Rufe schwirren an sein Ohr, lautes Schreien soll auf ihn aufmerksam machen, soweit man die Verfolgungs-jagd noch nicht bemerkt haben sollte. Jemand versucht, ihm ein Bein zu stellen und für Sekunden taucht vor seinen Augen ein dickes feistes Gesicht mit zwei hinterlistigen Schweineäuglein auf.

Perry fühlt, wie ihn eine Hand am Jackenärmel festhält. Eine kurze Bewegung und er ist wieder frei. Perry mo-bilisiert seine letzten Kraftreserven. Stoßweise verläßt der Atem die strapazierte Lunge . . .

Noch fünfzig Meter bis zum Nelson-Square.

Das Quietschen der bremsenden Autos vermischt sich mit den Anordnungen der Polizisten.

Perry hat den Nelson-Square erreicht. Aber es gibt kein Entrinnen mehr. Ausgepumpt und mit schweißverklebten Augen sieht er, wie sich die Masse Mensch an ihn heran-schiebt. Schritt für Schritt. Neugierige, Rauflüsterne, Poli-zisten. Männer, Greise, alte Frauen und Kinder . . . wo kommen nur all die Kinder her, überlegt Perry.

Er hält den Zeitpunkt für gekommen, den Spuk zu be-enden. Seine Hand rutscht in die Tasche. Die Menge stutzt, weicht für Augenblicke zurück. Sie glaubt, daß Perry nach einer Schußwaffe langt.

Perry umfaßt den Würfel.

Für Sekunden werden die Menschen vom Entsetzen ge-lähmt. Fassungslos sehen sie zu ihm hin — wo er stand, befinden sich nur noch ein Paar helle, graue, glitzernde Hosen.

Selbst die an allerhand gewöhnten Bobbys vergessen eine Zeitlang das Atmen.

Doch dann bricht der Sturm los. Und aus dem Lärm vernimmt Perry immer wieder die gleichen Worte: Hosen — Hosen — Hosen. Und er sieht die hypnotischen Blicke der Menschen, und er sieht, wie sich die ersten Polizisten in Bewegung setzen. Mit den Augen starr auf seine Beine gerichtet. Perry fällt es wie Schuppen von den Augen.

Er sieht jetzt glasklar: Seine neuen Hosen sind nicht unsichtbar.

Es war Lester Mac Dunnagans Fehler, daß er die Entwicklung nicht vorausahnen konnte. Wer hätte wohl vor vierzig Jahren gedacht, daß es vier Jahrzehnte später Stoffe aus der Retorte geben würde. Perry weiß jetzt auch das Entsetzen der Baronin zu deuten.

Noch zögert er ... zögert wenige Sekunden. Doch dann bietet er der lärmenden Menge noch einmal ein grandioses Schauspiel.

Seine Augen haben an einer Hauswand eine Feuerleiter entdeckt. Knappe fünfzig Meter nach links werden es sein.

Als sich der mutigste der Polizisten bis auf wenige Meter an ihn herangetastet hat, läuft er los.

Wie ein Amokläufer sprintet er auf die bestürzte Menge zu seiner Linken zu. Sie schreien, quietschen und weichen voller Panik und Grauen vor den auf sie zusausenden Hosenröhren zurück.

Perry hat die Hauswand erreicht. Vier Stockwerk hoch reicht die eiserne Feuerleiter. Sprosse um Sprosse erklimmt Perry. Und es ist nicht leicht, denn er hat nur eine Hand frei — in der anderen hält er den Würfel umfaßt. Die Mappe hat er zwischen die Zähne geklemmt.

Kein anderer Anblick dürfte so grotesk anzusehen sein, wie das behende Hochklettern leerer Hosen.

Perry erreicht den dritten Stock ... unten versuchen sich ohne besondere Eile die ersten uniformierten Verfolger auf den Sprossen.

Und dann macht Perry die Sensation vollständig: In luftiger Höhe entledigt er sich der verräterischen grauen Hosen und läßt sie flatternd zu Boden gleiten. Wo einst eine Hose stand — ist jetzt nichts mehr ... die Menge emporgereckter Hälse erstarrt — das wird London nie vergessen.

Eine Tür geht auf ...

Müde und noch zerschlagen von der gestrigen Anstrengung rekelt sich Perry auf seiner Couch. Hin und wieder schlürft er andächtig an einem erhitzten Whisky.

Dicki hockt neben ihm auf einem Stuhl und blättert aufgeregt, mit brennendroten Backen, in einem Berg Zeitungen, die er vor einer Viertelstunde auf Geheiß Perrys gekauft hat. Und die Lektüre scheint sich zu lohnen.

„Na, Dicki, was schreiben die Zeitungen?" fragt Perry wohlig matt.

„Sie sind der berühmteste Mann von London, Mister Clifton", verkündet Dicki begeistert. Und mit heiserer Stimme versucht er einen Zeitungsschreier nachzuahmen:

,,Wer war der Mann in den grauen Hosen?'

,Hetzjagd in der Mapples-Street. Menschenmassen jagen Geist!'

,Scotland Yard sucht Zeugen!'

,Bewohner Londons lernen am Nelson-Square das Gruseln!'

,Heimlich gelandeter Marsbewohner narrt Polizei!'

‚Genie, oder Mann vom anderen Stern!'

‚Größte Sensation seit . . .'"

„Genug, genug, Dicki", winkt Perry ab. Und lächelnd setzt er hinzu: „Am besten gefällt mir der Blödsinn vom ‚heimlich gelandeten Marsbewohner'. Wer meldet das?"

Sekunden später hebt Dicki das Blatt mit der Meldung hoch. „Die ‚Evening-Post', Mister Clifton. Und ein Bild ist auch dabei!"

Perry zuckt zusammen, als habe ihn ein Hieb getroffen. Die Lethargie ist plötzlich wie weggeblasen. „Ein Bild?" wiederholt er mit verkniffenen Lippen und reißt Dicki das Blatt aus der Hand.

Und dann überzieht ein breites, zufriedenes Grinsen sein Gesicht, als er das reißerisch aufgemachte Bild des „heimlich gelandeten Marsbewohners" sieht.

Eine graue Hauswand, daran eine Feuerleiter. Ungefähr in zehn Meter Höhe klettert der „Marsbewohner", das heißt dessen Hosen.

„Danach wird man mich kaum erkennen", lacht er. „Oder was meinst du, Dicki?"

Dicki ist der gleichen Ansicht. Trotz eifrigen Suchens hat er kein weiteres Bild gefunden, und während er sich wieder an das Studium der mehr oder weniger verlogenen oder übertriebenen Texte macht, nippt Perry beruhigt an seinem Whiskyglas. Bis zum ersten Niesen.

„Oh, Dicki — ich glaube — ich glaube . . . hatschiii — ich glaube, ich habe mir einen ausgewachsenen Schnupfen bei der Sache eingehandelt."

„Vom Schrecken?"

„Nicht vom Schrecken, du Naseweis. Aber schließlich ist es nicht alltäglich, daß ich vom Nelson-Square bis nach Norwood in kurzen Unterhosen marschiere. Und dazu noch bei Nieselregen", knurrt Perry und schüttelt sich noch nachträglich bei dem Gedanken an den endlosen Fußmarsch.

„Sonst noch Bilder gefunden?"

Dicki schüttelt ein wenig betrübt den Kopf.

„Nichts. Nur seitenlange Artikel und Berichte."

„Die Zeitungen sollten mir dankbar sein, daß ich ihnen einen vernünftigen Stoff geliefert habe."

Dicki findet das auch und überlegt, ob es nicht ratsam wäre, gewisse finanzielle Forderungen an die Zeitungen zu stellen. Doch Perry winkt ab.

„Selbst wenn man unbekannt bliebe, würden sie ihre Spürhunde so lange herumtreiben, bis ihnen etwas auffallen würde, Dicki."

„Was wollen Sie denn jetzt machen, Mister Clifton?"

„Das gleiche, was ich gestern tun wollte. Ich werde Sir Robert P. Stanford einen Besuch abstatten. Heute kann mir ja nichts mehr passieren..."

„Und wenn Sie einer wiedererkennt?" Und Dicki ist ganz überzeugt, daß das der Fall sein wird.

„Niemand wird in mir Perry Clifton erkennen, Dicki — hier!" Perry hat bei diesen Worten nach einem Kästchen gelangt, welches auf dem Radio steht. Er öffnet es jetzt.

„Ein Bart", staunt Dicki. Wie in einem richtigen Kriminalroman, denkt er. Da tragen sie auch immer Bärte und Perücken.

„Kann ich nicht mitgehen?" bettelt er. „Ich könnte doch bestätigen, daß wir die Diamanten in Hertford gefunden haben!" Dicki erinnert sich, daß man so etwas einen Zeugen nennt. Sein Mißgeschick mit der Kuckuckspfeife überspringt er in Gedanken geflissentlich. Erwartungsvoll hängen seine Augen an Perrys Lippen. Und als er dessen Zögern sieht, vervollständigt er seine Begründung: „Es würde auch familiärer aussehen." Diplomatisch, Perrys eigene Worte zu verwenden.

Aber Perry hat heute keine Verwendung für ihn. Er hat Dicki schon viel zu weit in die ganze Angelegenheit verwickelt.

„Du kannst mir bei diesem Besuch nicht helfen, mein Sohn. Außerdem braucht nicht jeder zu wissen, daß du mit von der Partie warst."

„Immer, wenn es interessant wird, muß ich zu Hause bleiben", sagt Dicki gekränkt.

„Ich habe eine wichtige Beschäftigung für dich, Dicki", beschwichtigt Perry seinen Freund. Doch was er in Dickis Augen wahrnimmt, ist mehr Mißtrauen als Neugierde.

„Wichtig??" Dicki stellt die Frage mit zehn herausfordernden Fragezeichen.

„Meinetwegen. Wenn du glaubst, daß du dieser Beschäftigung nicht gewachsen bist, mache ich es eben selbst!" Perry sagt es mit einem lässigen Schulterzucken und gibt dabei seiner Stimme einen bedauernden Klang.

Dicki fühlt sich in die Enge getrieben. Schließlich habe ich schon ganz andere Dinge fertiggebracht, rechtfertigt er sich in Gedanken, ohne zu wissen, um welche Aufgabe es sich handelt.

„Was soll ich denn machen?"

„Du sollst aus allen Zeitungen die betreffenden Artikel herausschneiden und aufkleben." Und als er Dickis enttäuschten Blick sieht, setzt Perry hinzu: „Wenn du glaubst, daß das eine Kleinigkeit ist, irrst du. Du wirst schön schimpfen."

Perry holt Klebestoff und eine Anzahl weißer Bogen und legt sie wortlos vor Dicki auf den Tisch. Ohne sich weiter um ihn zu kümmern, beginnt er, sich sorgfältig umzukleiden.

Diesmal hat sich Perry Clifton einen eleganten dunkelblauen Kammgarnanzug angezogen. Auch auf die Mappe verzichtet er. Wohlverwahrt ruhen die Diamanten in der Innentasche seines Jacketts.

Der Bart, den sich Perry unter die Nase geklebt hat, verändert ihn so sehr, daß selbst Dicki zweimal hinsehen muß.

Perry hatte Dicki gesagt, daß er um 15 Uhr in der Versicherung sein wolle. Und da er gewohnt ist, Vorsätze auch einzuhalten, ist es selbstverständlich, daß er Schlag 15 Uhr das Portal der Silver-General-Versicherung durchschreitet.

Miß Perkins ist gerade dabei, einen neuen Bogen in ihre Schreibmaschine zu spannen, als es zweimal kurz an ihre Tür klopft.

Bevor sie jedoch „Herein" sagen kann, öffnet sich die Tür, und ein elegant gekleideter Herr betritt das Sekretariat.

Überrascht und vorwurfsvoll mustert Miß Perkins den Eintretenden. Als sie zu einer Zurechtweisung ansetzen will — immerhin ist das Betreten der oberen Büroräume ohne vorherige Anmeldung nicht erlaubt —, kommt sie wieder um einige Atemzüge zu spät.

„Guten Tag, Miß Perkins", spricht der Fremde sie in diesem Augenblick an. „Ich nehme doch an, daß der Name an der Tür stimmt?"

Sie nickt verlegen. „Ja, der stimmt..." Sie weiß nicht, wie sie sich verhalten soll. Das Benehmen des Besuchers strahlt so viel Selbstsicherheit aus, als würde er den ganzen lieben langen Tag weiter nichts tun, als unangemeldet in Vorzimmer einzudringen.

Aber noch etwas anderes beschäftigt Miß Perkins' Gedanken. Wo habe ich diese Stimme nur schon einmal gehört, überlegt sie angestrengt. Merkwürdig — ich kenne ihn nicht und doch kommt er mir bekannt vor... diese Bewegung zum Mund ... Sie findet, daß der Schnurrbart irgendwie die Erscheinung stört.

„Ich hoffe, daß Sie das Studium meiner Person befriedigt, Miß Perkins", lächelt sie der Fremde gewinnend und liebenswürdig an.

Miß Perkins errötet bis an die Haarwurzeln. Ihre Verlegenheit ist fast greifbar, und weil sie das selbst spürt, wird sie noch hilfloser. Gleichzeitig fragt sie sich trotzig: Was will er eigentlich? Und als könne der Besucher Gedanken lesen, klärt er die junge Dame auf:

„Sie wollen sicher fragen, was mich zu Ihnen führt. Es ist nichts Ungewöhnliches — Ich möchte nur zu Sir Stanford."

Miß Perkins bekommt langsam wieder Oberwasser und mit gerunzelten Augenbrauen stellt sie in sehr dienstlicher Manier fest:

„Sie wurden aber gar nicht nach oben gemeldet, Sir!"

„Sicher eine kleine Nachlässigkeit des Portiers, verehrte Miß", wischt Perry diesen Einwand in einem Ton fort, als wolle er das Versäumnis des Portiers entschuldigen.

„Aber ich kann Sie trotzdem nicht anmelden. Sir Stanford hat gerade Besuch und wünscht nicht gestört zu werden."

Der Besucher lächelt und tut so, als habe er die gewisse Genugtuung in Miß Perkins' Worten nicht gehört.

„Gehen Sie ruhig hinein, Miß Perkins. Ich bin überzeugt, daß Direktor Stanford seinen Besuch gern ein wenig warten läßt, wenn er erfährt, worum es sich handelt."

„Aber er hat sich jede Störung verbeten", und als sie das ungeduldige Gesicht des Fremden sieht, setzt sie leise hinzu: „Er kann sehr ungemütlich werden, wenn man seine Anordnungen übersieht."

„Sagen Sie ihm, es handle sich um die Kandarsky-Diamanten."

Miß Perkins ist mit einem Male wie verwandelt. Mit schnellen Schritten geht sie auf die Tür zu Stanfords Zimmer zu.

„Das hätten Sie mir doch gleich sagen können, daß Sie mit den beiden Herren verabredet sind", sagt sie vorwurfsvoll.

„Wieso mit beiden?"

„Naja, Baron Kandarsky kam kurz vor Ihnen!"

„Halt!!", ruft der Besucher und Miß Perkins' Hand, die bereits auf der Klinke liegt, zuckt erschrocken zurück.

„Lassen Sie, Miß Perkins . . . vielleicht ist es doch besser, wenn ich ein wenig warte."

„Sie können doch auch später noch einmal wiederkommen."

Miß Perkins ist verwundert in die Mitte des Zimmers zurückgetreten. Sie weiß nicht so recht, was sie von der ganzen Sache halten soll. Doch gleich soll sie sich noch mehr wundern. Bestürzt sieht sie, wie der Mann plötzlich einige taumelnde Schritte macht und dabei schmerzhaft das Gesicht verzieht.

Während er sich die rechte Hand krampfhaft auf den Leib preßt, winkt die linke nach Miß Perkins.

„Haben Sie einen Arzt im Haus, Miß?" fragt er mit schmerzerfüllter Stimme.

„Ja, Doktor Withester", antwortet Miß Perkins ängstlich und ratlos. „Was haben Sie denn?"

„Gehen Sie zu ihm . . . lassen Sie sich Karaminin-Tabletten geben . . . es wird besser . . . nur ein kleiner Anfall . . ."

Miß Perkins beugt sich kurz herunter . . . „Sofort . . . warten Sie, ich bin gleich wieder da."

Der Fremde, der seinen Namen noch nicht genannt hat, wirft ihr einen dankbaren Blick zu. Und das ist der Moment, der Miß Perkins stutzen läßt . . . zwei, drei Atemzüge lang. Dann stürzt sie zum Zimmer hinaus.

Sie nimmt die Treppe, weil ihr der Paternoster zu langsam geht, und der Fahrstuhl wie immer nicht auf der Etage ist. Sie hastet, immer zwei Stufen auf einmal nehmend, treppab. Doktor Withesters Ordinationsraum befindet sich im Souterrain.

Bei jedem zweiten Schritt hämmern ihre Gedanken die gleiche Frage: Warum hat sich der Fremde einen Bart angeklebt. Sie hat es deutlich gesehen, als er sich vorhin kurz ihr zuwandte ... Wie mag er ohne Bart aussehen?

Miß Perkins hat den Niedergang zum Souterrain erreicht Das Herz klopft ihr und für Augenblicke lehnt sie sich heftig atmend an das Geländer. Der Bart ...

Ganz gedankenverloren hebt sie zwei Finger und hält sie waagerecht vor sich hin ... im Geist sieht sie ein Gesicht hinter diesen Fingern ... und da ... ein Ruck geht plötzlich durch ihren Körper. Die Linke umklammert haltsuchend das Geländer ... natürlich — das ist der Mann ... Das ist der Mann, der vor einigen Tagen Sir Stanford besuchte und dann verschwunden war — fast spurlos verschwunden. Sie hatte geschworen, daß er nicht durch ihr Zimmer gekommen war ... und die Sache mit den Bleistiften und Radiergummis ... die verschandelte Gipsbüste und der Briefbeschwerer unter Stanfords Sitzkissen. Sie wird jetzt noch bleich, wenn sie an die Szene denkt, die ihr Sir Stanford gemacht hatte. Miß Perkins vergißt den Anfall und die Tabletten. Sie vergißt, daß sie gegangen war, um jemandem Hilfe zu bringen ...

Ihre Augen sprühen und mit geballten Fäusten hetzt sie wieder nach oben. Jetzt braucht sie erst recht keinen Paternoster. Sie wird es ihm geben und wenn er zehnmal mit dem Direktor befreundet oder bekannt ist. Den Bart wird sie ihm herunterreißen, daß es eine wahre Freude sein wird ... Ein Rausch der Rache hat von ihr Besitz ergriffen und mit zornigem Schwung stürzt sie in ihr Zimmer — es ist leer. Schweratmend fällt sie auf ihren Stuhl ...

Perry, um den es sich natürlich bei dem vornehmen Besucher handelte, war mächtig erschrocken, als er hörte, daß der Baron bei Sir Stanford sei.

Seine Gedanken überstürzten sich und plötzlich war ihm die Idee gekommen, daß es ganz interessant sein könnte zu hören, was der Baron dem Versicherungsdirektor mitzuteilen habe.

Gekonnt spielte er die Rolle des Erkrankten. Dabei war ihm alles andere als wohl zu Mute. *Eine* Packung Pralinen wird nicht reichen, dachte er reuevoll, als er Miß Perkins' besorgtes Gesicht sah.

Doch Sekunden später war er wieder kerngesund und voller Tatendrang. Blitzschnell fuhr seine Hand in die Tasche und der Zauberwürfel tat seine Schuldigkeit. Nicht die Spitze eines Haares war mehr zu sehen.

Mit einigen Schritten war er an der gepolsterten Tür zu Stanfords Zimmer. Er lächelte versonnen in sich hinein, als er die Tür aufklinkte und ihr einen leichten Schubs gab. Gerade so viel, daß er mühelos hindurchhuschen konnte. Der dicke Smyrnateppich schluckte jeden Laut.

Perry wich gewandt zur Seite aus, denn der Baron war mit einem leisen Schreckensruf aufgesprungen.

„Die Tür!" rief er und Sir Stanford fuhr ebenfalls herum.

„Miß Perkins!" trompetete er zornig und war mit drei, vier Schritten an der Tür. Als er jedoch Miß Perkins' Zimmer leer fand, musterte er arglos die Tür.

„Wahrscheinlich war sie nicht richtig eingeklinkt", vermutete er und drückte die Tür heftig ins Schloß. Dann setzte er sich wieder beruhigt in den Sessel zurück.

Genau in diesem Augenblick kehrte Miß Perkins zurück, wütend und enttäuscht, das Zimmer leer zu finden.

Perry hat inzwischen noch einen Schritt zur Seite gemacht. Geräuschlos atmet er durch den Mund. Als er die beiden Sherrygläser auf dem Tischchen sieht, fährt er sich unwillkürlich mit der Zunge über die Lippen. Dabei denkt er, wenn du wüßtest, lieber Direktor, welchem Gauner du da zuprostest . . .

Und dann hat er Mühe, einen Überraschungslaut zu unterdrücken. Er traut zuerst seinen Ohren nicht — doch ein

Irrtum ist ausgeschlossen. Kleine Schweißperlen bilden sich auf seiner Stirn. Er verspürt ein verdächtiges Kribbeln in der Nase. Er beißt die Zähne zusammen — nur jetzt nicht niesen müssen, denkt er, und lauscht der aufschlußreichsten Unterhaltung, die er je gehört hat. Sir Stanford trommelt einen Marsch mit den Fingern auf die Platte des kleinen Teewagens, als er jetzt betont sachlich fragt:

„Also noch einmal: Du bist der festen Überzeugung, daß der Mann in den grauen Hosen, von dem die ganze Stadt spricht, die Diamanten in Hertford gefunden hat?"

Der Baron zögert keine Sekunde mit der Antwort.

„Das ist absolut sicher", verkündet er mit seiner unsympathischen Stimme. „Die einzige Frage ist nur — geht er damit zur Polizei oder will er mich erpressen."

Schuft, schimpft Perry in sich hinein, mich einen Erpresser zu nennen. Am liebsten würde er dem Baron zwei saftige Ohrfeigen ins blasierte Gesicht knallen.

„Und noch etwas ist sicher", wirft Stanford ein, „daß wir nie zu der Versicherungssumme kommen werden."

„Wenn der Unbekannte es mit Erpressung versucht, weiß ja niemand, daß wir den Überfall fingiert haben. In diesem Fall könntest du doch die Summe anweisen lassen." Der Baron ist ziemlich erregt. Doch seine Erregung gleitet an dem glatten Stanford ab wie Wasser auf Fettpapier.

„Du bist verrückt, Igor. Wenn es dem Unbekannten gefällt, läuft er zur Polizei und wir sitzen in der Tinte. Da mußt du dir schon was Besseres einfallen lassen."

„Woher will er denn Beweise nehmen? Daß er die Steine in der Uhr gefunden hat, ist kein Beweis gegen uns."

Stanford winkt ab.

„So notwendig ich meinen Anteil brauchen könnte, mein Lieber — ich bin kein Narr. Wir können zum gegenwärtigen Zeitpunkt über kein einziges Pfund verfügen."

„Du bist ein Schwätzer. Was will man uns schon nachweisen, frage ich dich?" keift der Baron zurück. Sein Gesicht ist puterrot. Fast sieht es aus, als wolle er jeden Moment über Stanford herfallen. Aus seinen Augen schießen giftige Blitze auf den Versicherungsdirektor, dessen Finger noch immer in gleichmäßigem Rhythmus die Platte bearbeiten.

„Du hast keine Ahnung vom Geschäft", gibt Stanford mit aufreizender Ruhe zurück. „Und außerdem bist du nervös. Es soll vorkommen, daß nervöse Menschen ab und zu Fehler machen — hast du auch davon gehört, Igor?"

Kandarsky starrt Stanford mit gläsernem Blick an. Hat er die offene Drohung wahrgenommen? Abrupt springt er auf, als würde der Sessel unter ihm brennen.

„Soll man nicht nervös werden? Zu wissen, daß es jemanden gibt, der ständig um dich herum sein kann, ohne daß du etwas davon merkst — ist das nicht zum Nervöswerden?"

Stanford lächelt ironisch. „Du übertreibst, Igor. Übrigens — ich glaube nicht an diese seltsamen Geschichten ..."

Der Baron lacht hysterisch auf.

„So, ich übertreibe? Woher willst du zum Beispiel wissen, ob dieser Unsichtbare nicht in diesem Zimmer ist — jetzt ... in diesem Augenblick, he?"

Perry überkommt es heiß und kalt.

Doch Stanford trommelt weiter. Er sagt nur ein Wort:
„Lächerlich!"

Und ehe Kandarsky zu einem neuen Wortschwall ansetzen kann, erhebt er sich und spricht nachsichtig, ungefähr so, wie man einen Kranken behandelt:

„Du solltest dich einmal gründlich ausschlafen. Ruf mich an, wenn was Besonderes ist ..."

Und Perry sieht, wie sich zwei Gauner die Hände schütteln. Der eine gleichgültig, der andere müde. Ja, müde. Baron Kandarsky kann es nicht fassen, daß alles umsonst gewesen sein soll.

Mit viel Geschick schleicht Perry neben dem Baron aus dem Zimmer. Vorbei an der noch immer verstört aussehenden Miß Perkins, die ganz offensichtlich erwartet, daß Perry ebenfalls zum Vorschein kommt.

Der Baron marschiert an ihr vorbei ohne sie anzusehen. Perry tut es ihm gleich, fast gleich ... denn einen Blick schenkt er Stanfords junger Sekretärin doch. Ich mach' es wieder gut, soll dieser Blick heißen.

Während Baron Kandarsky den Paternoster benutzt, wendet sich Perry der Treppe zu. Er wartet ein wenig, und erst als er sicher ist, daß Kandarsky das Haus verlassen hat, setzt er seinen Weg fort. Auf dem letzten Treppenabsatz läßt er unbemerkt den Würfel los und geht mit steinernem Gesicht an dem Pförtner vorbei, der nicht weiß, ob er einen Bückling oder ein beleidigtes Gesicht machen soll.

„Zu Scotland Yard, bitte!" gibt er wenige Minuten später einem Taxifahrer das gewünschte Ziel an.

Einem Inspektor bleibt die Spucke weg

Inspektor Corner saugt mißmutig und müde an seiner Pfeife.

Der Teufel soll diesen ominösen Mann in den grauen Hosen holen.

Und warum muß ausgerechnet seih Kollege Long jetzt einen dicken Chausseebaum mit einer Garage verwechseln? So hat man ihm, Corner, auch noch Longs Fall übertragen.

„Nur so lange, bis Long wieder zusammengeflickt ist", hatte der Chef gesagt. Als Trost sozusagen. Zum Lachen, haha ... als ob man ihm drei Monate Ruhe lassen würde. Fallen die Zeitungen nicht schon jetzt über ihn her? „Was tut Scotland Yard?" ist noch die harmloseste Überschrift, die sich die Zeitungsschmierer ausdenken.

Zum Teufel mit allen Zeitungen! Und zum Teufel mit dem grauen Hosenmann und den Kandarsky-Diamanten. Alles verfahrene Karren.

In der Erinnerung an all die Zeugen, die er schon in Sachen des Unsichtbaren vernommen hat, schüttelt Corner sich. Nicht mal die beiden Protokolle vom 18. Polizeirevier haben ihn weitergebracht. Er hat den Chauffeur vernommen und die Kandarskys.

Komisch, zwei grundverschiedene Fälle und in beiden hängt der Baron drin. Inspektor Corner ist jedoch geneigt, an einen Zufall zu glauben.

Die Sprechanlage auf seinem Schreibtisch summt. Er drückt auf die Taste „Empfang".

„Corner", bellt er in das Mikrophon.

„Ein Zeuge zum Fall ‚Graue Hosen', Herr Inspektor. Kann ich ihn hochschicken?"

„Jaja, schicken Sie ihn hoch", brummt Corner zurück und denkt daran, daß es heute der elfte Zeuge ist. Und alle glauben sie, das Ei des Columbus gefunden zu haben.

Inspektor Corner stopft sich eine neue Pfeife. Eine Tätigkeit, die fast einer feierlichen Handlung gleicht. Jeden goldgelben danebengefallenen Krümel hebt er mit den Fingerspitzen auf und verfrachtet ihn in den Pfeifenkopf.

Als der Zeuge das Zimmer betritt, hat er Mühe, den Inspektor hinter den dicken blauen Rauchwolken zu erkennen.

„Bitte, nehmen Sie Platz, junger Mann", gibt sich der Inspektor Mühe, liebenswürdig zu erscheinen.

Schüchtern tastet sich der geckenhafte junge Mann bis zu dem Stuhl durch, der Corner gegenüber aufgestellt ist.

‚Pfeifendeckel!' schimpft Corner in sich hinein, als er des jungen Mannes ansichtig wird. Er wird mir denselben Unsinn erzählen, wie die anderen auch.

‚Pfeifendeckel!'

„Ich heiße Fred Pullman, Herr Inspektor. Man hat mir gesagt, daß Sie die Sache mit dem Unsichtbaren bearbeiten."

Eine Stimme wie Parfüm und rote Zahnpaste, stellt Corner widerwillig fest. Jetzt fehlt nur noch die Bügelfalte im Gesicht.

„Man hat Sie recht unterrichtet, Mister!"

Ich hätte ‚Mister Pullman' sagen müssen, denkt er im gleichen Augenblick. Aber er kann sich nicht helfen. Seine Abneigung gegen ‚geschniegelte Affen' ist bekannt und hat ihm schon manche Rüge eingebracht. Er beschließt freundlicher zu sein.

„Und was haben Sie zu berichten, Mister Pullman?"

Fred Pullman rutscht unruhig auf seinem Stuhl hin und her. Er hat sich den Empfang durch den Inspektor doch anders vorgestellt. Schließlich ist er ein wichtiger Zeuge und hat eine sensationelle Aussage zu machen. Denkt er.

„Ich bin Verkäufer bei Peek, Peek & Sohn."

„Interessant!"

Fred Pullman wächst um einige Zentimeter. Na also.

„Ich habe nämlich die Beschreibung der Beinkleider in der Zeitung gelesen", sagt er wichtig.

„Der *was?*"

„Der grauen Beinkleider!"

„Sie meinen sicher der grauen Hosen?"

„Jaja ... der grauen Hosen", verbessert Fred Pullman irritiert. „Unser Geschäft führt solche Bein ... ich meine, solche Hosen, Herr Inspektor."

Inspektor Corner greift gelangweilt in ein Fach seines Schreibtisches. Mit einem „da" läßt er das Corpus delicti vom Nelson-Square vor dem Verkäufer auf die Schreibtischplatte fallen. Für Fred Pullman reicht ein Blick. Er hat die Hose sofort erkannt. Mit Triumph in der Stimme verkündet er wichtigtuerisch:

„Das ist sie, Herr Inspektor. Das sind die grauen Hosen, die der Kunde bei mir gekauft hat!"

Jetzt ist Inspektor Corner doch interessiert. Sollte es tatsächlich einen Menschen geben, der den Unsichtbaren bis ins Detail hinein beschreiben kann? Hunderte von Menschen haben ihn auf dem Nelson-Square gesehen und doch gibt es Dutzende verschiedener Beschreibungen.

Der Inspektor legt die Pfeife in den Aschenbecher zurück, streicht sich über den schütteren Scheitel und beugt sich zu Pullman vor.

„Dann können Sie den Käufer sicherlich beschreiben? Vielleicht kennen Sie sogar seinen Namen?"

„Den Namen kenne ich nicht, Herr Inspektor. Aber beschreiben kann ich ihn ..."

„Dann raus mit der Sprache!"

„Er war groß ..."

„Ach nein ...", da ist der Spott schon wieder in Corners Stimme.

„Und alt war er etwa 25 Jahre", fährt Fred der Verkäufer fort. Jetzt ist er die Hauptperson, und er weiß diese Tatsache zu würdigen.

„25 Jahre ... und er hatte mindestens Schuhgröße 45 ... mir fielen sofort seine großen Füße auf ... Er hatte einen gutgeschnittenen dunkelbraunen Anzug an ... nur seine Krawatte paßte nicht so recht ..." Fred Pullman ist ins Stocken gekommen. Warum sieht mich der Inspektor so an, überlegt er. Er macht sich nicht einmal Notizen ...

„Beschreiben Sie sein Gesicht, Mister Pullman!"

„Sein, Gesicht ...? Ja ... ich glaube, es war lang und schmal ..."

„Die Haarfarbe?"

„Wenn ich mich nicht irre, waren seine Haare rot ... oder vielleicht auch nur rötlich ..."

„Seine Ohren?"

„Seine Ohren ..."

„Ja, seine Ohren, Mister", wiederholt Corner ungeduldig und langt wieder nach seiner Pfeife.

„Wie sahen seine Ohren aus — hatte er einen oder mehrere Goldzähne? Fehlte an seiner Hand ein Finger oder mehrere? Hat er geschielt, gelispelt oder gestottert? Vielleicht war er mit einem Muttermal behaftet?"

Fred Pullman hatte mit offenem Mund zugehört. Und jetzt ist er restlos durcheinander.

„Gestottert hat er nicht", bringt er endlich heraus. „Aber sonst . . . so genau habe ich ihn mir nicht angesehen . . ."

„Natürlich, natürlich . . . aber es hätte Ihnen ja etwas auffallen können, oder nicht? Mitunter sind gerade die winzigen Kleinigkeiten von enormer Wichtigkeit. Aber das wissen Sie ja selbst . . . Und sonst haben Sie mir nichts mehr zu sagen?"

Fred Pullman schüttelt gekränkt den Kopf.

„Dann gehen Sie jetzt in Zimmer 159 und geben Sie Ihre Angaben zu Protokoll. Vielleicht fällt Ihnen auch noch etwas ein. Jedenfalls ist Ihnen Scotland Yard sehr dankbar."

Der Inspektor hat sich erhoben und hält Pullman die Hand hin. Der Verkäufer schlägt zögernd ein und verzieht schmerzhaft das Gesicht. Im Hinausgehen reibt er seine Rechte an der Linken.

Verdammt, hat das gut getan, freut sich der Inspektor. Wie man doch mit einem Händedruck vieles abreagieren kann.

Als er an die Aussagen des Verkäufers denkt, befällt ihn wie immer bei solchen Gelegenheiten ein gerechter Zorn. Die Menschen laufen mit geschlossenen Augen durch die Welt. Wütend spuckt er eine Tabakfaser in den Schirmständer.

Nach seinen bisherigen Ermittlungen ist der unbekannte Unsichtbare zwischen einem und zweieinhalb Meter groß. Er hat schwarzes, rotes, graues, weißes und grünes Haar.

Sein Gesicht ist rund, lang, eckig, dreieckig und birnenförmig. Im Gesicht waren die auffälligsten Merkmale ein Muttermal, dessen Größe zwischen der eines Pennys und eines Eies schwankt. Auch Narben und Warzen waren gemeldet worden. Und eine Frau wollte auf ihren Eid nehmen, der Unsichtbare habe eine Hasenscharte gehabt. Die Farbe der Augen umfaßt, nach Zeugenaussagen, die gesamte Farbskala. Sogar sprühende Funken seien aus den Pupillen des Unheimlichen geschossen. Es ist zum Weinen.

Zum Teufel mit dem Unsichtbaren.

Der Uniformierte stoppt vor dem Zimmer 202.

„So, da wären wir. Das ist das Zimmer von Inspektor Corner. Sie sind der siebzehnte Gast heute", die Stimme des Polizisten ist jovial und gutmütig.

„Ich hoffe, daß ich der erfreulichste Kunde bin. Ich danke Ihnen für die Begleitung."

„Oh, nichts zu danken, Sir", sagt der Beamte, tippt sich an den Mützenschirm und geht den Gang zurück.

Perry Clifton klopft an die Tür des Zimmers 202. Als er ein mürrisches „Herein" hört, tritt er ein. Ein Pfeifenraucher, registriert er, als er die dicken blauen Schwaden sieht. „Inspektor Corner?"

„Bin ich! Nehmen Sie bitte Platz."

Man merkt es ihm an, daß ich der Siebzehnte bin. Weiß der Kuckuck, welchen Quatsch ihm die anderen sechzehn erzählt haben, geht es Perry durch den Kopf.

„Sie wollten mich wegen der Kandarsky-Diamanten sprechen?"

„Stimmt haargenau. Eigentlich war ich der Annahme, daß Inspektor Long diesen Fall bearbeitet?"

„Long liegt im Krankenhaus. Hat mit seinem Auto einen kleinen Ausflug an eine Pappel gemacht. Sie müssen also mit mir vorliebnehmen."

„Nichts, was ich lieber täte. Übrigens, mein Name ist Perry Clifton", erwidert Perry zuvorkommend und erntet einen forschenden Blick des Inspektors.

Der weiß anscheinend was er will, stellt Corner fest und findet, daß sein Besucher einen ganz passablen Eindruck macht.

„Darf ich zunächst einmal eine neugierige Frage stellen, Herr Inspektor?"

„Neugierige Fragen zu stellen ist an und für sich meine Aufgabe, junger Mann."

„Selbstverständlich. Aber schließlich könnten Sie eine Ausnahme machen."

„Könnte ich. Schießen Sie los. Aber ob ich Ihre Frage beantworte, kommt auf die Frage an."

Perry mustert sein Gegenüber einige Atemzüge lang. Corner gibt den Blick ungerührt zurück. Jeder denkt sich seinen Teil.

„Wie weit ist Scotland Yard mit seinen Untersuchungen im Fall Kandarsky-Diamanten, Herr Inspektor."

Um die Lippen des Inspektors huscht ein seltsames Lächeln. Und irgendwie ist Anerkennung in der Stimme, als er mit einer halben Gegenfrage antwortet.

„Genaugenommen, geht Sie das nichts an. Aber ich muß zugeben, daß Sie ganz den Eindruck machen, als ob Sie diese Frage mit — nun sagen wir mal — mit Berechtigung stellen könnten. Stimmt das?"

Perry ist sehr angenehm berührt. Er deutet die Worte als Kompliment und findet sie in Gedanken ganz eindrucksvoll.

„Die Silver-General-Versicherung hat mir ebenfalls gestattet, in dem Fall Nachforschungen anzustellen."

„Aha. Ich kenne in London fast alle Privatdetektive. Von einem Perry Clifton habe ich noch nie gehört. Ich nehme infolgedessen an, daß Sie ein Amateur sind, wenn Sie mir dieses viel mißbrauchte Wort erlauben."

„Ja, ich bin Amateur. Jeder Mensch muß irgendein Steckenpferd reiten", gibt Perry zu.

„Sie hätten mir die Fragen eben nicht gestellt, wenn Sie nicht schon Erfolge mit Ihren Nachforschungen aufweisen könnten, stimmt's?"

Perry wehrt bescheiden ab. „Stimmt, aber ich war Ihnen gegenüber im Vorteil. In einem großen Vorteil, Herr Inspektor."

Da Corner mit dieser Bemerkung nichts anfangen kann, runzelt er nur die Stirn, während er sehnsüchtig nach seiner Pfeife blinzelt.

„Pfeifenrauch stört mich nicht", witzelt Perry, der den Blick des Inspektors aufgefangen hat.

„Danke. Mir scheint, Ihr Vorteil besteht in Gedankenlesen, Mister Clifton."

Inspektor Corner stopft sich eine neue Pfeife. „Haben Sie eine Spur gefunden?" fragt er dabei.

Perry Clifton zögert noch einen Augenblick. Dann greift er in seine Tasche. Mit dem alltäglichsten Gesicht der Welt legt er die Diamanten auf den Tisch.

„Darf ich Ihnen hiermit die Kandarsky-Diamanten aushändigen, Herr Inspektor?"

„Ist das ein Witz?"

Der Inspektor starrt wie hypnotisiert auf die Steine. Sogar das Pfeifestopfen unterbricht er. Vorsichtig nimmt er die Steine in die Hand und läßt sie über seine Finger gleiten. Plötzlich sieht er Perry mit einem mißtrauischen Blick an.

„Sind die echt? Ich bin schließlich kein Edelsteinexperte."

„Die sind so echt wie Sie und ich."

„Das ist ein Witz", bringt Corner fassungslos heraus. Und er ist selten fassungslos.

„Es ist kein Witz. Und auch das, was ich Ihnen noch zu berichten habe, ist alles andere als witzig."

Inspektor Abraham Corner hat sich wieder in der Hand.

Sachlich und nüchtern ist seine Stimme, als er jetzt zu Perry gewandt spricht:

„Gut, Mister Clifton, ich weiß zwar nicht, wie Sie es angestellt haben, um an die Diamanten heranzukommen, aber mag es sein wie es will — meine Anerkennung. Wie wär's mit Einzelheiten?"

Als Perry sprechen will, hebt er kurz die Hand. Mit einem Griff drückt er die Sprechtaste der Hausvermittlung nieder.

„Ich wünsche in der nächsten halben Stunde nicht gestört zu werden, Plenny!" bellt er in das Mikrophon.

Und zu Perry blinzelnd: „Man muß ihnen ab und zu zeigen, wer der Herr im Hause ist."

Perry denkt für sich: Ein toller Hecht, dieser Inspektor Corner.

Der Inspektor indessen setzt sein unterbrochenes Pfeifestopfen fort, und als die ersten Rauchwolken zur Decke kräuseln, lehnt er sich gemütlich zurück und macht eine einladende Handbewegung, die so viel heißen soll wie: Also, bitte, junger Mann, schießen Sie los. Und niemand sieht ihm an, daß er innerlich wie ein Flitzbogen gespannt ist.

„Ich habe die Diamanten in zwei Gewichten einer Standuhr gefunden", beginnt Perry Clifton.

„Und wo stand diese Standuhr?"

„Halten Sie sich fest, Inspektor. Die Standuhr befand sich im Salon einer sogenannten Jagdhütte in Hertford. Der Besitzer dieses Anwesens heißt Baron Igor Kandarsky."

Unter halbgeschlossenen Lidern beobachtet Perry die Reaktion des Inspektors auf seine ungewöhnliche Eröffnung. Doch Corner zieht nur zweimal kräftig an seiner Pfeife. Für Sekunden sind nur die Umrisse von ihm sichtbar.

„Der Baron hat sie selbst dort versteckt. Der Überfall

auf das Auto war fingiert. Echt war nur der Schlag, den der Chauffeur auf den Kopf bekommen hat."

Der Inspektor beugt sich zu Perry vor, während er ihn mit dem Mundstück seiner Pfeife anfixiert.

„Haben Sie Beweise, daß der Baron hinter dieser Sache steckt??? Er wird behaupten, daß Fremde die Steine in seine Standuhr geschmuggelt haben."

„Ich kann beeiden, daß der Baron in meiner Gegenwart alles zugegeben hat."

Inspektor Corner starrt Perry ungläubig an. Macht der sich einen Spaß mit mir? denkt er. Wenn ja, werfe ich ihn eigenhändig zum Fenster hinaus.

Doch dann fallen ihm wieder die Steine ein, die da vor ihm auf dem Tisch liegen. Und das einzige, was er hervorbringt, sind vier Worte: „Das verstehe ich nicht!"

Perry lächelt entschuldigend.

„Das ist im Augenblick auch ein wenig schwierig . . . Tja, für die Aufklärung des Falles hatte mir Direktor Sir Robert P. Stanford 2 000 Pfund versprochen."

„Die haben Sie sich redlich verdient", gibt Corner sofort zu. „Übrigens, dazu kommen noch 200 Pfund Belohnung von Scotland Yard."

Perry blickt überrascht auf Inspektor Corner. Das hatte er nicht gewußt, daß Scotland Yard eine Belohnung ausgesetzt hat.

„Die Sache ist erst zwei Tage alt. Der Chef hat die Belohnung selbst vorgeschlagen, als er sah, daß Inspektor Long mit seinen Ermittlungen nicht von der Stelle kam."

„Das ist mir sehr angenehm. Sehr sogar . . ." und als er den fragenden Blick des Inspektors sieht, setzt er erklärend hinzu: „Schon deshalb, weil diese 200 Pfund die einzigen bleiben werden."

„Aber die 2 000 von der . . ."

Perry winkt ab. Und für Corner unverständlich, erklärt er:

„Die 2 000 der Versicherung wurden mir sozusagen nur unter der Bedingung angeboten, daß ich nichts finden würde."

Corners Gesicht ist ein einziges Fragezeichen.

„Junger Mann, Sie sprechen in Rätseln. Eines nach dem anderen. Denken Sie daran, daß ich fast ein alter Mann bin und nicht mehr so schnell im Denken."

„Machen Sie sich nicht schlechter, als Sie sind, Inspektor . . ."

„Ach was", winkt Corner ab. „Jetzt spucken Sie's schon aus. Warum sollte Ihnen Stanford die Belohnung nicht zahlen wollen?"

„Nicht ‚können', lieber Inspektor, nicht können. Der gute Versicherungsdirektor Stanford ist an der Gaunerei zu 50 Prozent beteiligt."

Einen Augenblick sitzt Corner wie versteinert. Dann schmettert er dröhnend die Faust auf die Tischplatte.

„Verdammt nochmal, junger Mann. Noch so einen faulen Scherz und ich lasse Sie die Treppen hinunterwerfen."

Perry grinst und winkt dem Inspektor beruhigend zu.

„Entschuldigen Sie bitte, wenn ich nicht vor Angst zittere. Aber Sie müssen sich — wenn auch notgedrungen — mit der Wahrheit abfinden. Kandarsky und Stanford haben den Plan wahrscheinlich gemeinsam ausgetüftelt. Zumindest sollte Stanford die Hälfte der Versicherungssumme bekommen."

Es dauert eine ganze Weile, bis sich Corner gefaßt hat. Man sieht es, welche Schwierigkeiten es ihm macht, diese Tatsachen zu verarbeiten. Immer heftiger zieht er an seiner Pfeife. Perry stört ihn bei seinen Meditationen nicht. Im Gegenteil, er brennt sich in aller Ruhe eine Zigarette an und pafft abwartend vor sich hin.

Fast drei Minuten vergehen, bis Inspektor Corner eine konkrete Frage stellen kann:

„Das ist alles ganz gut und schön. Ich weiß zwar nicht,

wie Sie im einzelnen zu diesen sensationellen Enthüllungen gekommen sind, aber — wie wollen Sie alles beweisen?"

Und Perry Clifton hat eine Antwort. Es ist zwar eine für die Ohren des Inspektors befremdliche Antwort, aber Inspektor Corner hört trotzdem aufmerksam zu.

„Ich kann Ihnen den Beweis erbringen. Dazu wäre es allerdings erforderlich, daß Sie und ein zweiter Beamter mit Direktor Stanford in dessen Zimmer zusammenträfen. Zu dieser Zusammenkunft müßte ebenfalls Baron Kandarsky geladen werden."

Es ist nicht eine Spur Mißtrauen in Corners Stimme, als er jetzt sachlich fragt: „Und wann sollte das sein?"

„Je eher, je besser. Wie wäre es mit morgen vormittag?"

Als Perry Corners fragenden Blick sieht, bedeutet er geheimnisvoll:

„Ich glaube, daß Sie die beiden Herren im Anschluß an diese Unterredung gleich mitnehmen können."

Corner schüttelt nur kurz mit dem Kopf.

„Mich kann die ganze Angelegenheit Kopf und Kragen kosten."

„Oder einen Orden einschließlich Beförderung!"

Corner langt nach der Sprechanlage.

Als sich die Vermittlung meldet, äußert er mit belegter Stimme:

„Stellen Sie mir sofort eine Verbindung mit Direktor Stanford von der Silver-General-Versicherung her."

Beide warten.

Und beide schweigen. Jeder hängt seinen eigenen Gedanken nach. Man kann es deutlich sehen, daß sich Inspektor Corner nicht ganz wohl in seiner Haut fühlt. Er hat in dreißig Jahren Polizeidienst schon einiges erlebt — aber das hier geht ihm doch ein wenig über die Hutschnur. Dabei fühlt er, daß er diesem Perry Clifton mehr Vertrauen schenkt, als er verantworten kann. Er könnte mein Sohn sein, denkt er. Doch da klingelt schon das Telefon.

„Ihre Verbindung mit der Silver-General-Versicherung, Sir. Stanford ist selbst am Apparat."

„Schon gut", gibt Corner zurück und wartet auf das Knacken, das bei der Vermittlung entsteht.

„Hier Stanford."

Corner holt tief Luft, bevor er in verbindlichem Ton ansetzt:

„Guten Tag, Mister Stanford. Hier spricht Inspektor Corner von Scotland Yard."

„Hallo, Inspektor . . . gibt's was Neues?"

Der Inspektor hat sich alle Mühe gegeben, um zu hören, ob Stanfords Stimme irgendwie erregt ist. Aber nicht die geringste Spur von Angst oder Aufregung klingen in Stanfords Worten mit.

„Ja, eigentlich nichts Besonderes, Mister Stanford. Nur — mir sind da ein paar Ideen gekommen, wie man das Auszahlen der Versicherungssumme noch ein wenig hinauszögern könnte."

Corner wartet auf Stanfords Erwiderung. Doch die ist nur sehr kurz. „Aha — interessant."

„Um das zu besprechen, hätte ich Sie morgen vormittag gern einmal aufgesucht. Um welche Zeit würde es Ihnen passen?"

Einige Sekunden Schweigen.

„Wie wäre es mit zehn Uhr?" kommt es durch den Draht. Und es ist ganz die Stimme eines vielbeschäftigten Mannes.

„Großartig. Nur noch eine Bitte, Direktor. Ich möchte zu dieser Besprechung im ersten Teil gern den Baron Kandarsky hinzuziehen. Sie sind doch mit ihm befreundet, könnten Sie es übernehmen, ihn zu benachrichtigen? Das sieht weniger dienstlich aus." Corner gibt seiner Stimme einen jovialen Klang.

„Das wird sich einrichten lassen, Inspektor. Also — dann bis morgen zehn Uhr?"

„Okay — ich werde pünktlich sein. Und lange werde ich Ihre kostbare Zeit auch nicht in Anspruch nehmen. Auf Wiedersehen . . .“

Als Inspektor Corner den Hörer auflegt, stehen feine Schweißperlen auf seiner Stirn. Seine Finger spielen nervös mit den Streichhölzern, die auf seinem Schreibtisch liegen.

„Und wie soll das Ganze weitergehen, Mister Clifton?“

„Zunächst danke ich Ihnen für Ihr Vertrauen, Inspektor“, erwidert Perry ernst. „Ich werde Sie nicht enttäuschen.“

Und mit klaren Worten umreißt Perry seinen Plan. Der Inspektor hört ihm aufmerksam zu. Hin und wieder macht er sich eine Notiz.

„Sie treffen mit Ihrem Beamten punkt zehn Uhr bei Stanford ein. Sprechen Sie über irgendwelche belanglosen Dinge. Verdachtsmomente, Hehler usw. Ungefähr fünf Minuten nach zehn Uhr wird die Tür des Raumes, in dem Sie sich befinden, kurz aufgehen. Stanford wird sie schließen. Das ist das Zeichen für Sie, den beiden Herren unverzüglich zu sagen, wessen man sie beschuldigt.“

Corner hat Perry Clifton nicht unterbrochen. Als Perry schweigt, sieht er ihn fragend an.

„Hm — soweit so klar. Nur . . . wenn die beiden Gentlemen starke Nerven haben, werden sie alles abstreiten.“

Geheimnisvoll beantwortet Perry diesen Einwand: „Das ist genau der Augenblick, wo Sie persönlich starke Nerven brauchen, Herr Inspektor.“

„Damit kann ich dienen“, erwidert Corner, kann es aber nicht vermeiden, daß ihm dabei ein leichter Schauer über den Rücken kriecht.

„Herr Inspektor, es wird sich etwas ereignen; und ich bitte Sie, lassen Sie sich nicht aus der Ruhe bringen. Tun Sie so, als sei dies die alltäglichste Sache von der Welt.“

Der Inspektor fühlt, wie sich der Schauer von eben wiederholt und ein wenig heiser fragt er:

„Mit anderen Worten, Sie wollen mir noch nicht sagen, *was* passieren wird? — Nun gut, ich weiß auch nicht, warum ich alter Esel Ihnen so viel Vertrauen entgegenbringe — aber es soll sein. Ich hoffe nur, daß Sie mich nicht enttäuschen werden."

„Sie können auf mich zählen. Also dann — bis morgen früh um zehn Uhr."

„Bis morgen früh um zehn Uhr."

Der Inspektor und Perry Clifton haben sich erhoben. Noch ein Händedruck — und Perry läßt einen nachdenklichen Inspektor zurück.

Ein letztes Mal . . .

Es ist zehn Uhr und drei Minuten, als Perry Clifton Miß Perkins' Zimmer betritt.

Er ist ebenso gekleidet wie am Vortage. Auch das Bärtchen klebt wieder unter seiner Nase.

Miß Perkins vergißt für einige Augenblicke das Atmen, als sie ihres Besuchers ansichtig wird.

Dann stürzt sie mit einem zornigen „Sie sind's wieder" auf Perry zu.

„Still!!!" zischt ihr dieser entgegen und Miß Perkins weicht erschrocken vor Perrys blitzenden Augen zurück.

„Ich habe jetzt keine Zeit, Ihnen lange Erklärungen zu geben. Es tut mir leid, daß ich gestern nicht auf Sie warten konnte."

Miß Perkins kämpft noch immer gegen ihren Schrecken an, als Perry sie leise fragt: „Wie spät haben Sie es?"

Widerwillig sieht Miß Perkins auf ihre Armbanduhr. „Zehn Uhr vier", gibt sie, wütend über ihre Bereitwilligkeit, Auskunft.

„Dann wird es höchste Zeit", murmelt Perry in sich hinein und sieht sich suchend im Zimmer um.

„Ich muß schon sagen . . ."

Mit einer energischen Handbewegung schneidet Clifton Miß Perkins das Wort ab.

„Hören Sie, Miß Perkins, es werden sich hier gleich so große Dinge ereignen, daß ich jetzt nicht mit Ihnen streiten kann. Wer ist bei Stanford?"

„Der Baron Kandarsky und zwei Beamte von Scotland Yard!"

Stanfords Sekretärin ist ein wenig blaß geworden. Furchtsam sieht sie ihren seltsamen Besucher an.

Und als sie Perry fragt, ob sie eine Tasse besitze, kann sie nur stumm nicken.

„Bitte, holen Sie eine Tasse Wasser von draußen!" Das ist keine Bitte, sondern ein Befehl, das weiß Miß Perkins und wagt es doch, einen Einwand vorzubringen:

„Ich habe doch Wasser im Zimmer."

„Bitte von draußen", verlangt Perry Clifton kategorisch und zeigt mit dem Finger zur Tür.

Miß Perkins eilt erbost aus dem Zimmer.

Perry blickt auf seine Uhr. Zehn Uhr fünf. Seine Hand fährt in die Tasche — umfaßt den Würfel, mit wenigen Schritten ist er an der Tür zu Stanfords Zimmer. Vorsichtig klinkt er die Tür auf . . . und schlüpft hinein.

Vier Augenpaare sehen irritiert in seine Richtung. „Also jetzt muß ich doch einmal einen Mechaniker kommen lassen", wundert sich Direktor Stanford und erhebt sich, um die Tür wieder zu schließen.

Perry ist in diesem Moment hinter den Stuhl des Barons getreten.

Inspektor Corner befindet sich ihm gegenüber. Zur Linken sitzt Stanford — zur Rechten Detektivsergeant Pasper, ein Mitarbeiter Corners.

Die Vorstellung kann beginnen.

Perry beobachtet Inspektor Corner, der sich räuspert und sich mit zwei Fingern zwischen Hemdkragen und Hals fährt. Noch zögert er. Schon sehen Stanford und Kandarsky verwundert in seine Richtung. Corner gibt sich einen Ruck.

„Also, meine Herren — ich muß Ihnen jetzt eine Eröffnung machen, die Sie wahrscheinlich in Erstaunen setzen wird."

Schweigend sehen ihn Direktor und Baron an. Ahnt der Baron etwas? Seine Zunge leckt über die Lippen, als könne er damit das heraufziehende Unwetter fortwischen. Nur Stanford ist noch die Ruhe selbst.

„Welche Eröffnungen, Inspektor?" fragt er neugierig.

„Man hat Anzeige gegen Sie, Direktor Stanford — und gegen Sie, Herr Baron Kandarsky erstattet."

Einen Augenblick lang hat es den Anschein, als wolle Kandarsky aufspringen. Seine Hände krampfen sich um die Tischkante, während ein Zittern seiner Oberlippe deutlich verrät, wie ihn die Erregung gepackt hat.

Nur Stanford scheint noch immer unbewegt zu sein. Mit kalter Stimme fragt er:

„Anzeige gegen uns? — Aber weshalb denn?"

„Wegen gemeinsamen Versicherungsbetruges."

Die Luft im Zimmer scheint mit Strom geladen zu sein. Der Baron keucht in sich hinein. Er hat noch kein Wort gesagt. Doch aus seinen Augen spricht die nackte Angst. Panische Angst. Nichts ist mehr von dem arroganten, selbstsicheren Baron übriggeblieben.

„Das ist lächerlich, Inspektor. Einfach lächerlich." Stanford wischt durch die Luft, als wolle er die Anschuldigung zerschneiden, zunichte machen.

Corner hat die Zeit, in der Stanford sprach, genützt. Aus seiner Rocktasche hat er die Diamanten genommen. Mit einer aufreizenden Bewegung legt er sie dem Baron vor die Nase.

„Hier sind die Diamanten, Herr Baron. Man hat sie in Ihrer Jagdhütte in Hertford gefunden."

„Lächerlich ... Sie werden ja hoffentlich nicht an solche Mätzchen glauben", es ist mehr ein Stöhnen als ein Sprechen. Dicke Schweißperlen rollen dem Baron in die Augen. Seine Hände formen sich nervös zu Fäusten, die sich gegeneinander reiben, als könnten sie damit seine Worte untermauern. Unbeirrt fährt der Inspektor fort:

„Man sagt, Sie hätten den Überfall nur fingiert?!"

„Nun gestehen Sie mal, Inspektor, wer Ihnen solche Märchen erzählt?" schaltet sich Stanford wieder ein. Er ist nicht mehr ganz so ruhig.

„Ein Zeuge sozusagen."

Stanford lacht ein hysterisches Lachen. „Den möchte ich sehen ..."

Und da geschieht es.

„Das können Sie. Der Zeuge bin ich." Perry hat seinen Standort nicht verändert, als er unsichtbar diese Worte spricht. Er hat sich nur etwas vorgebeugt.

Im Raum ist es totenstill geworden. Nur das keuchende Atmen des Barons ist zu hören.

Stanford sitzt mit entsetzt aufgerissenen Augen in seinem Sessel, während seine Hände fahrige Bewegungen machen.

Auch Inspektor Corner und dem Sergeanten hat es für Augenblicke die Sprache verschlagen, wenn sie sich auch alle Mühe geben, sich nichts anmerken zu lassen. Endlich, nach endlos scheinender Zeit, bricht es aus dem Baron heraus. Seine Stimme ist ein heiseres Krächzen und Perry muß unwillkürlich an die Krähen auf den schneebedeckten Feldern im Winter denken ...

„Die Stimme habe ich schon einmal gehört ... ich habe sie schon einmal gehört ... ich habe sie schon einmal gehört", echot der Baron und wischt sich über die schweißnasse Stirn.

Und wieder spricht die Stimme aus dem Nichts.

„Na, dann denken Sie einmal scharf nach ... ich war vor einiger Zeit bei Ihnen ... bot Ihnen meine Dienste an ... Sie warfen mich fast hinaus ... ich kam am Abend wieder. Und ich kam — im richtigen Augenblick. In dem Augenblick, in dem Sie mit Ihrer Frau über Kathrin und eine Standuhr sprachen ... erinnern Sie sich, Baron Kandarsky?"

Perrys Stimme hat einen schneidenden Klang angenommen, und Kandarsky schauert zusammen.

„Leider sahen Sie und Ihre werte Gattin an diesem Abend von mir nur die untere Hälfte ..."

Kandarsky ist aufgesprungen. Und von einem dumpfen Grauen geschüttelt gurgelt es aus ihm heraus ... „Der Mann - mit - den - grauen - Hosen ..."

„Sehr richtig, Baron. Und hier bin ich."

Perry hat den Würfel losgelassen und steht jetzt in voller Lebensgröße vor den Anwesenden. Corner hat kurz die Augen geschlossen, als wolle er sich versichern, daß es keine Fata Morgana sei ... Sergeant Pasper hat plötzlich den Schluckauf, während Direktor Stanford zur Salzsäule erstarrt ist.

„Ich sage gegen Sie aus", donnert Perry Clifton den beiden mit erhobener Stimme entgegen.

„Und zu Ihrer Orientierung — ich war gestern hier im Zimmer, als Sie sich gegenseitig Liebenswürdigkeiten an den Kopf warfen. Sehr aufschlußreiche Liebenswürdigkeiten."

„Ich habe doch von Anfang an gewußt, daß die Sache schiefgeht", stöhnt in diesem Augenblick Direktor Stanford.

Wie ein Tiger springt Kandarsky auf Stanford zu.

„War es nicht deine Idee ... nur deine Idee. Du wolltest aus deinen Geldverlegenheiten kommen ... Du hast mich überrumpelt."

Stanford blickt angewidert auf seinen verbrecherischen Partner.

„Waschlappen. Wimmert wie ein altes Weib um Gnade ... Es könnte einem das Essen hochkommen ...“

Der Inspektor hat sich erhoben.

„Ich mache Sie darauf aufmerksam, daß alles, was Sie sagen, ab jetzt gegen Sie verwendet werden kann.“

Doch hört ihm jemand zu?

Der Baron ist mit glanzlosen Augen auf seinen Sessel zurückgesunken, während sich Stanford gelassen aus einer Zigarettendose bedient.

Alles, was recht ist, denkt Perry, Haltung hat er, der gute Sir Robert P. Stanford. Und zu Inspektor Corner gewandt, fragt er lächelnd.

„Ich hoffe, Sie haben zwei schöne Zellen für die Herrschaften?“

„Ausgezeichnete sogar“, gibt ihm Corner zurück.

„Welche mit vorzüglichen ausländischen Gardinen.“

„Mit ausländischen?“

„Ja, schwedischen!“

Es ist ein merkwürdiger Zug, der sich Minuten später vorbei an der fassungslosen ‚Kugel‘ zum Portal der Silver-General-Versicherung hinausbewegt.

Perry konnte es sich nicht verkneifen, Stanfords Sekretärin mit einer tiefen Verbeugung zu beteuern:

„Ich stehe tief in Ihrer Schuld, Miß Perkins. Lassen Sie sich von mir mit einem halben Zentner der besten Pralinen versöhnen.“

Ob Miß Perkins ihn verstanden hat? Es ist nicht sicher. Sie sieht ihn an, wie man jemanden ansehen würde, der in der Badehose einen Gletscher besteigt.

Der letzte Blick, den Perry von ihr erhaschen kann, zeigt, wie sie mit hastigen Schlucken die Tasse Wasser leert, die sie vorhin für Perry holen mußte. Welch kluges Vorausschauen von ihm.

Ausklang

Die Uhr auf dem Kaminsims verkündet die zweite Nachmittagsstunde. Es ist 14 Uhr.

Das helle Klingen des Schlagwerks mildert etwas die strenge Atmosphäre des Raumes, an dessen Wänden große Karten von London und den Außenbezirken der Weltstadt hängen.

Um einen runden Tisch mit gewaltigen Abmessungen gruppieren sich sechs lederbezogene Sessel. Auf einem schmucklosen eichenen Schreibtisch stehen drei Telefonapparate, eine Sprechanlage und, nicht zu vergessen, die Armatur mit einer verwirrenden Anzahl von Hebeln und Knöpfen.

So muß die Umgebung einer einflußreichen und wichtigen Persönlichkeit aussehen.

Und so ist es auch.

Es handelt sich um das Dienstzimmer des Polizeipräfekten von London, Sir Henry.

Der Geruch von guten Zigarren und teurem Whisky liegt über den drei Herren, die um den Tisch sitzen. Es sind Perry Clifton, Inspektor Corner und der Präfekt persönlich. Perry erzählt seine Geschichte.

Wie, wo und wann er zu seinem Zauberwürfel gekommen ist und sein Pech mit der Kunststoffhose. Nichts läßt er weg, nichts beschönigt er.

Der Präfekt lauscht teils ernst, teils amüsiert seinem Bericht, während sich Inspektor Corner das Zuhören mit dem Konsum ungezählter Zigarren angenehm gestaltet.

Wann kommt schon mal die Gelegenheit, die Zigarren des obersten Polizeichefs in Rauch zu verwandeln. Meist erhält er sie schriftlich und hat wochenlang daran zu kauen. Voller Genugtuung zündet er sich die vierte Havanna an. Verdammt, tut das gut.

Perry ist mit seiner Geschichte zu Ende. Aufatmend lehnt er sich zurück und mustert erwartungsvoll den Polizeipräfekten. Doch Sir Henry läßt sich Zeit. Nachdenklich betrachtet er die dreieinhalb Zentimeter Asche, die nach einem kleinen Klaps in den Aschenbecher fällt. Wie heißt es doch? Die Qualität einer Zigarre zeichnet sich durch die Länge des Aschekegels aus. Nun, Sir Henrys Zigarren scheinen von sehr guter Herkunft zu sein.

Als er Perry endlich anblickt, ist ein leichtes Lächeln um seine Augen und Mundwinkel.

„Eigentlich sollte ich Sie wegen Erregen öffentlichen Ärgernisses vor den Richter stellen, lieber Clifton." ,Lieber Clifton' hat er gesagt. Perry schraubt sich um einige Zoll in die Höhe.

„Ich bin mir nur noch nicht im klaren darüber, ob das englische Gesetz die Anklage gegen einen Unsichtbaren zuläßt. Corner — was sagen Sie dazu?"

Inspektor Corner wirft Perry einen abschätzenden Blick zu. So, als müßte er zwischen mehreren Antworten entscheiden.

„Wenn Sie mich fragen, Sir — ich bin für Nachsicht. Wann erleben wir es schon, daß zwei so aufregende Fälle auf einmal geklärt werden können."

„Nun gut", stimmt Sir Henry zu. „Aber nur unter einer Bedingung, Mister Clifton: Kein Mensch darf mehr etwas von Ihrem Wunderwürfel erfahren."

Perry nickt. Und dann spricht er es aus, was er schon vor einer halben Stunde hatte sagen wollen:

„Ich nehme Ihre Bedingung an, Sir. Ich möchte sogar noch etwas weitergehen. Ich vermache Lester Mac Dunnagans Erfindung dem Königlich-Britischen-Polizeimuseum."

Jetzt ist es an den beiden Beamten, erstaunt zu sein. Und als Sir Henry ungläubig den Kopf schüttelt, fügt Perry hinzu:

„Ich hoffe, daß meine Verdienste von meinem Kaufhaus entsprechend gewürdigt werden, und daß man mich jetzt endlich in die Detektivabteilung versetzt."

Sir Henry schmunzelt: „Ich werde Ihnen ein Empfehlungsschreiben für Ihren Chef aufsetzen und mitgeben. — Uns bleibt dann nur noch zu hoffen, daß beim nächsten großen Pferderennen ein krasser Außenseiter das Ziel passiert."

Als Sir Henry die verständnislosen Blicke der beiden sieht, sagt er heiter: „Damit die Londoner den Spuk vom Nelson-Square vergessen."

Perry stimmt in das herzliche Lachen Inspektor Corners ein.

„Eine Frage noch, Mister Clifton. Haben Sie sich schon Gedanken gemacht, was Sie mit den 200 Pfund anfangen werden?"

„Sie werden es nicht glauben, Sir: Ja. Zunächst muß ich für eine junge Dame fünfzig Pfund Pralinen kaufen. Und dann habe ich noch einen Freund. Dicki heißt er. Zwölf Jahre zählt er und wenn ich mich nicht verrechnet habe, hat er über der Nase siebenundzwanzig Sommersprossen... Dicki war eine große Hilfe für mich. Und daß er jetzt zu niemandem von seinem größten Abenteuer sprechen darf, das wird ihn hart ankommen. Aber den Trost werde ich mir etwas kosten lassen."

Perry Clifton lächelt versonnen vor sich hin. ‚Dicki soll mit mir zufrieden sein.'

Das war die unwahrscheinliche Geschichte von dem Herrn in den grauen Bein ... Verzeihung, in den grauen Hosen.

Ein einziges Nachwort sei mir noch gestattet: Dicki hat nie jemandem von dieser Sache erzählt. Ehrenwort!

Achtung, Detektive!
Kein Fall für Perry Clifton,
sondern ein(e) Fall(e) für euch!
Bewahrt einen kühlen Kopf und
fahndet mit im „Club der Detektive"
der Ravensburger Taschenbücher.
Wolfgang Ecke stellt euch
auf die Probe in spannenden
Mini-Krimis zum Selberlösen.

Jeder Band der Serie enthält kriminalistische Denksportaufgaben von Wolfgang Ecke, die entweder leicht, mittelschwer oder schwer zu lösen sind. Ein echtes Fitness-Training für künftige Meisterdetektive: Wer logisch kombiniert und scharf beobachtet hat den Täter bald entlarvt — ohne extra die Lösung am Ende des Buches nachzuschlagen!

Die Bände der
Ravensburger Taschenbücher heißen:
Das Schloß der roten Affen, Bd. 208
Das Gesicht an der Scheibe, Bd. 221
Solo für Melodica, Bd. 227
Das Geheimnis der alten Dschunke,
Bd. 264
Das Haus der 99 Geister, Bd. 306
Erben auf schottisch, Bd. 315
(In diesem Band gibt Wolfgang Ecke
40 spannende Kriminalfälle heraus,
die von Kindern für Kinder
geschrieben wurden).

Otto Maier Verlag Ravensburg   ® Ravensburger

Weitere Abenteuer mit Perry Clifton findet ihr in folgenden Büchern von Wolfgang Ecke im Loewes Verlag:

Das geheimnisvolle Gesicht
Cliftons schwierigster Fall führt den Detektiv von London nach Basel, München und Wien

Der silberne Buddha
Ein raffiniert eingefädelter Diebstahl gibt Perry Clifton Rätsel über Rätsel auf

Das unheimliche Haus von Hackston
In Hackston werden bunte Geigen hergestellt. Welches Geheimnis steckt dahinter?

Die Insel der blauen Kapuzen
Wer hat Perry Clifton nachts auf die verlassene Insel gelockt?

Das Geheimnis der weißen Raben
Spukt es auf Schloß Catmoor in Schottland?

Die Dame mit dem schwarzen Dackel
Tatbestand: Schmuckdiebstahl
Tatort: London
Täter: der große Unbekannte . . .